童話作家になりたい!!

目次

童話作家になりたい！

将来はどんな人になりたいのか、が問題になったのは高校二年生の三学期でした。四十人ほどいたクラスの、ほとんどの子が将来を決めていたのです。父のあとをついで医者になる、料理の修業をして、父のレストランで一緒に働く、幼なじみの人と婚約して、お花やお茶の稽古をする、大学で英米児童文学の研究をする、小学校の先生になる、などなど、みんなが希望にあふれていました。そんな中で、うなだれていたのがわたしです。将来は決めていました。「H・C・アンデルセンのような童話作家になる！」のです。でも、どうしたらなれるのでしょうか。考えても考えても答えは見つかりません。童話作家になるための大学もありません。児童文学の勉強をしているうちに、作家への道が開けるかもしれないと思いましたが、確答ではありません。

「アンデルセンは、どうやって童話作家になったのだろうか」

考えて手にとったのが『アンデルセン自伝』です。アンデルセン自身が書いた伝記が、文庫本になっていました。『わたしの生涯は、一篇の美しい童話である』と始まる自伝には、生まれたときのことから幼い日々のできごとなどが、こまやかに書かれていました。けれど、自伝だから客観的なことは書かれていません。一八四六年七月で終わっている自伝のほかに、童話集などに添えられている解説やアンデルセンについての研究書を読んで、アンデルセンの生涯を知りました。

一八〇五年四月二日、アンデルセンはデンマークのオーデンセで生まれました。お父さんのハンスは靴直しで、お母さんのアンネ・マリーはハンスよりずっと年上の洗濯女です。が、長いこと定説だった両親について、最近は違う説がささやかれているのです。お父さんは、病院の門番だったという説です。洗濯女のお母さんは、お得意先をまわって洗濯物を集めます。病院はたくさんの洗濯物が出るところなので、いちばんの得意先だったかもしれません。足繁く通ううちに、門番と親しくなって妊娠したという説もうなずけます。妊娠して八か月後に、ハンスとアンネは結婚しました。アンデルセンの父が誰だったのか、解けない謎ではあるのですが、持っていた『アラビアンナイト』を繰り返し読んでいたというハンスが、血を分けた人ではなかったかと思われます。ハンスは息子に、本を読んで聞かせました。人形をつくって芝居もしました。アンデルセンも指先が器用で、切り紙細工が得意だったのです。びっくりするほど小さくて華麗なゆり椅子も数かずの切り紙細工も彼が使ったハサミも、アンデルセン博物館に残されています。

ヨーロッパにはきびしい階級制度がありました。アンデルセンの階級は最下層です。お父さんが靴を直す相手も最も低い身分の人たちでした。王さまや貴族の靴ではなく、貧しい農民の履き古した靴を直すのです。住んでいたのは八畳ばかりの部屋で、通りに面した窓側がハンスの仕事場、その奥が三人の眠る場所です。さらに奥にあったのがキッチンでした。極貧の暮らしでしたが、お母さんに溺愛され、お父さんには本を読んでもらったり、一緒に人形をつくって芝居をしたり、アンデルセンは幸せな子供時代を過ごすのです。最下層に生まれた子供たちは、十代になる前から働いたり、貧しい子供たちが通う貧民学校に行かなければなりません。でも、工場の男たちにからかわれたと泣き、先生にムチで打たれたと訴えただけで、お母さんは工場も学校もやめることを許してしまいました。アンデルセンがしたのは、日がな一日、川岸に座って、洗濯するお母さんを眺めたり歌ったりすることです。アンデルセンの声は、みんなが聞き惚れるほど美しかったのです。美声のおかげで、コペンハーゲンからオーデンセにやってきた国立劇場の一座に、子役として参加したこともありました。このできごとが、アンデルセンに将来を決めさせたのです。

「首都に出て、役者になるぞ」

アンデルセンは、十四歳になっていました。十一歳のときにお父さんが亡くなり、翌年に、お母さんは再婚しました。新しいお父さんになじめなかったのか、夢とあこがれが激しすぎたのかはわかりません。一張羅の服に身をつつんで、アンデルセンはコペンハーゲンを目指すのです。身長百八十センチの少年が持っていたのは、ほんのわずかのお金とありあまる自信でした。

コペンハーゲンに着いたアンデルセンは、わずかなコネを頼りに王立劇場の支配人をたずねます。

「みっともないだけのおまえが、役者になれるわけがない」

支配人はアンデルセンを追いだしました。行くあてがなくなったアンデルセンが思い出したのがシボーニ、王立音楽学校の校長です。幸運にもシボーニはアンデルセンを認めてくれて、歌の稽古をさせてくれたのです。ドイツ語やラテン語を勉強しながら、図書館で借りた本も読みました。王立劇場の踊り子として舞台に立つこともできたのです。

夢はかなったものの、長つづきしませんでした。三年ほどで、踊り子を解雇されてしまったのです。理由は、声が駄目になってしまったからでした。男の子特有の声変わりと、満足に食べることもできない貧しい生活のせいで体が弱ってしまったせいです。

「役者が駄目なら、劇作家になる。王立劇場で上演される芝居を書くのだ」

アンデルセンの新しい決心でした。

詩人として認められたのは、二十一歳のときで、三十歳になったアンデルセンは『即興詩人』で有名になり、初めての童話集を出版します。それからはとんとん拍子で大作家への道をのぼって行きました。

『自伝』のなかばで、アンデルセンのように生きることをきっぱりとあきらめました。時代も環境も違い過ぎたし、才能にもめぐまれていないことがよくわかったのです。もっとよくわかったのは、童話作家になりたいのなら、童話を書かなければならないということでした。アンデルセンは、書いて書いて書きぬきました。たくさんの血と涙と汗を流さなければ、上質な作品を書くことはできないとも言っています。

「何から始めよう・・・」

振り出しにもどったわたしは、とにかく童話を読んでみようと思いました。絵本や子供向きにリライトされたものではなく、原作そのままを知りたいと考えたのです。まず手に入れたのが『グリム童話集』でした。ヤーコブとルードヴィヒ兄弟がドイツの民間につたわるおはなしを集めてつくりあげた童話集は二巻、二百四十八編が収録されています。よく知っているはずの『白雪姫』を読んでびっくりしました。

毒のリンゴを食べて死んだ白雪姫は、柩に入れられました。七人の小人が守っていた柩をほしがったのは王子です。運んで行くために、柩をもちあげた家来たちのひとりが転んだとたん、白雪姫はリンゴを吐き出して生き返りました。白雪姫は王子と結婚して、幸せに暮らしました・・・子供のころに読んだ話はそこでおしまいだったのです。ところが、グリム童話の初版によると、王子は柩に入った白雪姫をかたときも離すことができなかった、とあります。どこへ行くときも、白雪姫の柩を家来にかつがせて運びました。あまりの重さに腹を立てた家来は、柩から白雪姫を出してさけぶのです。

「おまえのせいで、おれは毎日とんでもない苦労をしているんだぞ」

ついでに、家来は力いっぱい白雪姫の背中をどついたので、リンゴがとびだしました・・・のくだりは家来の人間性があらわれています。そして、子供のわたしが全く知らなかったのがラストシーンでした。白雪姫と王子の結婚式には、継母のお妃も招かれていたのです。お妃の前には真っ赤に焼けた鉄の靴が出されました。お妃はその靴を履いて、踊りながら死んでしまうのです。このシーンは残酷だと思った誰かが、子供の本から省いてしまったのでしょう。

「白雪姫が、こんなにひどいことをしたのだろうか」

考えこみました。魔法の鏡をもっているお妃は、たしかに悪いことをしました。リボンで白雪姫の首をしめ、毒のくしを髪につきたて、毒リンゴを食べさせて殺そうとしたのです。けれど、殺すことはできませんでした。毒リンゴのおかげで、白雪姫は王子と知り会えたとも言えるのです。踊りながら死ぬほどの刑は重すぎるではありませんか。それとも、誇り高いお妃は、世界で二番目の美女に甘んじるよりは死んだ方がましと思って、焼けた靴に足を入れたのでしょうか。

「童話は、子供のための話ではない」

あらためて思いました。『白雪姫』とともに広辞苑にも載っている有名人の『シンデレラ』にも、知らなかったシーンがありました。名前も知らない姫をお妃にしたいと思いこんだ王子は、国じゅうを探します。姫が残していった片方の靴がぴったりの娘こそその人でした。シンデレラの家にも家来がやってきて、ふたりの姉さんが靴をためすのです。小さ過ぎる靴を履くために、上の姉さんはかかとを切り落としました。下の姉さんはつま先を切り落とすのです。靴下を汚した血のせいでふたりの企みはばれてしまい、シンデレラが靴をためします。もちろんぴったりでした…ここでも、唖然としてしまいました。シンデレラはけなげで、思いやりもある娘です。センスもとびきり良かったので、舞踏会に行く姉さんたちは装いの全てをシンデレラにまかせました。どうしたら魅力たっぷりに見えるだろうかと心をくだいて、シンデレラは姉さんたちの髪を結い上げ、ドレスを着せたのです。そんなシンデレラが、なぜ足を切り落とす姉さんたちを黙視したのでしょうか。あらわれた家来の前に進み出て、「それは、わたしの靴です。もう片方も持っています」と言えば、ふたりの姉さんは足を切り落とすこともなかったのです。いじめられて、こき使われた仕返しとしてはひどすぎます。ふたりとも、二度と歩くことができなくなってしまったのですから。

童話は、優しくて美しいだけではない、意地悪なトゲもたっぷりもっている。だから面白いと感じました。不思議ももちろんふくんでいました。

「昔、ハーメルンの人びとはネズミの害に苦しんでいました。たくさんのネズミが畑を荒らし、家に忍びこんで食べものをくすねます。赤ん坊をかじったりもするのです。そんなとき、あらわれたのが笛吹きの男でした。ネズミを必ず退治すると言った男に、人びとは大枚の金貨を支払うと約束します。そして、男が笛を吹くと、町じゅうのネズミがぞろぞろと男のあとについて出て行ったのです。ネズミはいなくなりましたが、人びとは約束を破りました。金貨が惜しくなってしまったのです。男は報酬を請求しましたが、人びとは聞き入れません。怒りをあらわにすることもなく、男は町を出て行きました。笛を吹きながら歩いて行く男のあとに、ついていったのは町じゅうの子供です。男も子供も、二度と姿をあらわすことはありませんでした」

小学生のころに読んだ『ハーメルンの笛吹き』のあらすじです。ぞくぞくするほど恐ろしくて、不思議な物語りをたしかめたくて、グリム童話集をめくりました。が、なかったのです。収められていたのはグリムの『ドイツ伝説集』でした。一二八四年、ハーメルンの町から百三十人もの子供たちが消えてしまう事件がありました。行方はまったくわかりません。この事件と、中世のヨーロッパにあふれかえっていたネズミとが合わさって伝説をつくりあげました。

ここまで書いてきて、読んでくださる方の声が聞こえてきます。

「童話作家になることと、どんな関係があるの？」

わたしにとっては、童話作家になりたいと望んで、あれやこれやと試してみたことの全てが関係があるのです。「なりたい」から「なる」までにかかる時間は、人によって違います。六か月の人もいれば、一年かかる人も、十年かけてもまだ「なりたい」のままであえいでいる人もいるのです。残念なことに、夢のかけらも手に取れずに死んでしまう人もいるはずです。「夢みたら、あきらめない」・・・何回も何回も、自分に言い聞かせながら、わたしは童話を読みあさって、詮索しなければなりませんでした。

童話を書く

「さあ、童話を書くぞ」と決心して机の前に座ったのは十九歳のときでした。母が愛読していた婦人雑誌に、『読者の童話』ページがあったのです。読者がつくった俳句や短歌、短い小説のたぐいを募集している雑誌や新聞は今もありますが、童話を募集しているところは多くありません。当時、母の雑誌のほかにも童話を募集している雑誌があったのかもしれませんが、探そうとしなかったのです。身近で安易な募集に、わたしは飛びつきました。

「長さは2000字以内。締め切りは毎月十五日。応募作品から二編を選び、有名イラストレーターのイラストを添えて掲載する」　掲載されれば、賞金もいただけるのです。賞金はもちろんですが、それよりもずっと魅力的だったのは『掲載されること』でした。「書いているだけで満足。自分の世界を、物語りという形にできるだけでうれしい」と、控えめに言う人がいます。わたしもそんなひとりでした。物語りをつくることは小学三年生のころから始めていたのですが、評価をもとめたためしはありません。家族や友だちに読んでもらったり聞いてもらったりして、「どう?」とたずねることもしませんでした。物語りをつくるのは余計なこと、小学生や中学生の生活には必要のないことだと感じていました。必要のないことにうつつをぬかしている子供であることを、誰にも知られたくなかったのです。思いついた物語りを書きとめて、机のおくにしまいこむだけで満足でした。それはまだ、自分以外の誰かに聞かせたり、読んでもらったりする価値のないものだと、わかっていたのです。けれど、書きつづけているうちに、「わたしの作品は、どれほどのものなのだろうか」と考えるときが、必ずやってきます。評価をもとめたときと童話募集を発見したときが、わたしの場合にはぴったりと重なりました。

意気込んだものの、何をどうしたらいいのか、見当もつきません。

「人魚を登場させたい」と思いついた次には、アイテムをひねりだしました。靴です。人魚には必要のないものを使った理由は、思いがけないアイテムなら人目につくと考えたためでした。「物語りを動かすためには人が必要だ」と考えて男の子を登場させ、大好きな湖を背景に選びました。書こうと思いついたのが九月だったので、男の子にとっては二学期の始まりです。

「湖の岸を、学校に向かって歩いていた男の子は、小さな靴の片方を拾いました。誰の靴だろうと考えながら学校に着いた男の子は、クラスの子たちに靴を見せます。湖の岸で拾ったのだから人魚の靴に違いないと、教室は大騒ぎになりました。あまりの騒ぎにかけつけた校長先生は言います。人魚は、しっぽで靴を履くのかもしれない。片方をなくして、困っているかもしれない…学校の帰りに、男の子は靴を拾った場所に置いておきました。持ち主が通りかかったのは次の朝です」

ちょっとした思いつきからできあがった『人魚のくつ』は、入選して雑誌に載りました。うれしくて幸せで、掲載されたページを何回も何十回も見つめては、こみあげるほほえみをおさえきれずにいました。

物語りをつくるのに必要なのは四つのWHであることを、今のわたしは知っています。誰が(WHO)いつ(WHEN)どこで(WHERE)何をした(WHAT)かがそれで、なぜそんなことになったのかの(WHY)をつけくわえて、物語りは完成します。人魚のくつを書いたころ、そんな理屈は全然知りませんでした。知っていたら、できあがった作品を分析して反省して、これでは駄目だと首を振って、投稿することができなかったかもしれません。物語りをつくるために必要なのは、理屈ではなく感情です。うれしいとか楽しいとか幸せとかを、具体的に表現しなければならないのです。「うれしい」と書くだけではなく、シーンや会話にしなければなりません。「毒リンゴを食べた白雪姫が死んでしまったとき、七人の小人たちは悲しみました」だけだったら、読者は悲しくなりません。大好きな人を土の中に埋めてしまうことができなくて、ガラスの柩に入れて丘の上に運び、毎日毎日泣いていたシーンを読まされて、小人たちと思いを重ねるから悲しくなるのです。

童話を書こうとする人たちには、さまざまな疑問がうかびます。句読点はどこにつければいいのか、「」や『』や（）や《》や〔〕のカッコはどのように使い分ければいいのか、漢字はどの程度使ったらいいのか、ひとつの場面を書くためにどれほどの文字数をつかえばいいのか、などです。「」は会話と決まっていますが、ほかのカッコについては決まりがありません。心の中で思ったことを（）でくくる場合もあれば、「」を使うこともあります。句点の「。」は文の終わりにつかうのでわかりやすいのですが、読点の「、」になると、どこにどれだけ打てばいいのか迷ってしまうのです。句読点もカッコも形でしかありません。「それから、」が「それか、ら」になっていたらおかしいけれど、日本語を話せる人ならそんな間違いはしません。会話に《》をつかう日本人もまずいないと思います。読点は書く人の感じや息遣いで打てばいいのです。句点はないと読みづらいけれど、読点はなくてもかまわないと思います。

「どんな読者を想定したらいいのだろうか」と考えこむ人もいれば、「小学生以下の幼い子供に読んでもらうために書きました」と言う人もいます。読者を想定することも決めることもできない、とわたしは思います。作者は、魂をこめて書きあげた作品を差し出すだけです。どこの誰が、読んでくれるかはわかりません。どこの誰でもいいから読んでくださいと、願うほかないのです。

２０００字以内の童話を書くコツを発見したわたしは、次から次へと書くようになりました。毎月十日までに書いて、応募することが生きがいになったのです。二か月に一度か三か月に一度、わたしの童話は雑誌に載りました。

「童話の勉強会を開くことになったので、参加しませんか」

雑誌の編集者から連絡があったのは、投稿をつづけて半年たったころです。月に一度、選者の童話作家を招いておはなしをうかがうという話に、飛びあがりました。勉強会に参加したのは、わたし同様に、熱心な投稿をつづけていた女性たちです。当日になると、二十人ほどの女性が集まってきました。会場は雑誌社の会議室で、細長い机と椅子が並んでいます。今どきのカルチャーカレッジなら、笑顔で迎えてくれる受付の女性がいて、のぞめば近くのカフェからコーヒーを運んでもらうこともできます。が、笑顔の受付もコーヒーも、全く思いつきませんでした。作家の先生に会いたい、おはなしを聞きたい・・・みんなの心が燃えていました。

先生をつとめてくださったのは、『とけいの3時くん』を書いた奈街三郎、『太陽よりも月よりも』の平塚武二、『高い高いしてよ』などの童謡で有名な与田凖一の諸氏です。生徒の意気ごみが伝わったのか、先生がたのおはなしにも熱がこもっていました。

「とにかく書いて、書きつづけること」と、おだやかな声で教えてくださったのは奈街先生。「まず、生きることを楽しんでほしい。楽しく生きられなければ、楽しい童話も書けない。作者が楽しんでこそ、読者も楽しめる童話が生まれるのだから」と、たからかに話してくださったのは平塚先生、「たったひとりでもいいから、読んでくれる人がいればいいと思いなさい」と、低い口調で言われたのは与田先生です。与田先生が、わたしと同じ思いを抱いておいでだったことを知って感激しました。勉強会に、会費が必要だったかどうか、覚えていません。当時一緒だった人にたずねると、「お金を払ったことはないと思う」と、答えがありました。

「わたしたち、自分の勉強に熱中して、ほかのことを考えるゆとりがなかったんだわ。高名な作家先生をお招きするのだから、謝礼が必要だったはずなのに、どうしていたのかしら」

一緒だった人も、わたしもあわてましたが、今さらどうにもできません。編集者にも先生にも、ありがとうございましたを繰り返すばかりです。

勉強会が始まって数か月後、仲間だった吉田としさんが言いました。「同人誌をつくりましょうよ」・・・としさんはのちに『小説の書き方』『おにいちゃんげきじょう』『木曜日のとなり』『赤い月』などを書いて有名な作家になった女性です。同人誌って何のことか、どうやってつくるのか、全然わからなかったのに、勇んで参加してしまいました。勉強会に来ていた人たちのほとんどが参加を決め、集まったのはとしさんのお宅です。新聞社におつとめだったとしさんのご主人が、同人誌のつくり方を教えてくれました。同人の原稿を集めて編集して冊子にする・・・それだけのことですが、仕事は山ほどあったのです。いちばん若くて、夫も子供もいないわたしは、としさんの言う通りに仕事をこなしました。原稿の行数を数え、割り付けていく用紙をつくり、まとめたものを印刷所に運びと、コマネズミみたいに働いたのです。住んでいた千葉県からとしさんの家があった新宿区まで、電車を乗りついで通いました。

「わたしも本をつくりたい」

手書きだった原稿が活字に組まれ、本の形になっていくのを見守るうちに、生まれた望みです。雑誌に載った童話のほかに、書きためた作品が二十編以上ありました。両親の世話になっていたわたしは、同人誌を始めたときからアルバイトもしていたのです。同人誌をつくるためのお金は、自分で稼がなければと、ようやく気づいたのでした。父が見つけてくれた小さな会社の受付が、わたしのバイトです。たずねてきた人とのやりとりや応接室への案内、お茶汲みなどが主でしたが、わたしの仕事ぶりは褒められたものではありませんでした。勉強会があれば休み、同人誌の集まりがあればたちまち早退していたのです。

本をつくりたいと思ったとき、としさんに相談することはできませんでした。相談すれば必ず力になってくれることはわかっています。けれど、懸命に作家への道を走っているとしさんにもご主人にも、迷惑をかけることになってしまうのです。ひとりでなんとかしなければならないと、決心したわたしは近所の印刷屋に行きました。本にするためには、原稿を印刷しなければならないと考えたからです。

このごろでは、大手出版社でも新聞社でも著書をつくってくれるようになりました。お金はもちろんかかりますが、どこへ行けばいいのかと悩む必要はありません。出版社に出向いて、自費出版について相談すればいいのです。出向くのが恥ずかしかったり遠方に住んでいたりするときには、手紙で問い合わせることもできますが、返信用の封筒と切手を必ず同封します。「童話集の自費出版を考えています。原稿は四百字詰め原稿用紙で三百枚あります。予算は十十万円ですが」など、こちらのデータを知らせると、返事がもらえます。「お会いして相談したい」と言われたら、担当者と話し合います。本の版形、表紙、挿絵の有無など、担当者が著者の希望をたずねてくれて、かたちが見えてくるのです。お金さえ払えば、何でも本になるかと言えばそうでもありません。版元にはそれなりの考えもあり誇りもあります。考えと誇りに合わない作品は本にしてもらえません。その一方で、担当者との話し合いもスムーズにすすんで、製作費百万円の半分を払いこんだのに本にはならない場合もあるのです。出版社が倒産して、担当者が行方不明になった事件が実際にありました。訴えをおこすこともできず、払ったお金は戻ってこないのだから、泣き寝入りするほかありません。そんな目に遭わないためにどうしたらいいのかは誰にもわかりません。何十年も、すばらしい本を出版していた会社が、突然倒産することもあるのです。不運も覚悟で、自費出版するほかありません。

持ち込みという方法もあります。有名な出版社へ原稿を持って行き、読んでください、できたら出版してくださいとお願いするのです。でもわたしは、持ち込みなんてできないと、早々に決めていました。出版社に行ったところで、見ず知らずのわたしに会ってくれる編集者がいるでしょうか。運が良くて、時間があった編集者に会えたとして、原稿を受けとってもらえたとしても、読んでもらえるとは限りません。もうひとつ運が良くて、読んでもらえたとしても、「うちで出版することはできません」と断られたらどん底に落ちるのです。臆病な人見知りだったわたしは、悪いことばかり考えて持ち込みを避けました。ひとりでなんとかすれば、悪いことを考えなくてもいいのです。

印刷屋がつくっていた主なものは、新聞に折り込むチラシや弔辞や転居を知らせる葉書でした。

「原稿を本にしたいのですが、どれくらいのお金がかかるのでしょうか」

原稿をかかえて印刷屋に入ったわたしは、おずおずとたずねました。印刷屋のあるじは、びっくりしたような、面白がっているような表情でわたしを見ましたが、親切な人だったのです。原稿をぱらぱらとめくったり枚数を数えたりしたあとで言いました。

「ざっと見積もって、十万円かな」

十万円ですか・・・オウム返しした言葉は、声になりませんでした。半世紀前の十万円は、今の百万か二百万に相当します。

「考えて、でもきっとまたおたずねします」深いお辞儀をして、印刷屋をあとにしましたが、気持ちはかたまっていました。働いて、十万円ためるのです。九時から五時までのアルバイトをまじめにつとめて、六時からはレストランのウェイトレスをしました。仕事が終わるのは夜の九時です。察しの良いとしさんは、わたしが働き始めたのに気づいたのでしょう、同人誌の集まりを日曜日だけにしてくれました。『人魚のくつ』のタイトルをつけた本が形になったのは一九五七年です。薄くてみすぼらしい本でしたが、わたしは満足して、天にも昇る心地でした。そして本は、ご褒美のもとになってくれたのです。翌年、児童文学者協会の新人賞に選ばれたのでした。

「なぜ黙っていたの」

新人賞の賞状と賞金と本を同時に手渡したとき、母が言いました。

「あなたが、夜遅くにこそこそと家に帰ってくるのは知っていたのよ。会社でのアルバイトのほかに何をしているのかもわかっていた。お父さんの知り合いが、レストランで働いているあなたを見たからだわ」

「ウェイトレスをしていると知れたら、辞めさせられると思ったから秘密にしていたの。職業に貴賤はないと言いながら、お母さんは他人に食べものを運んだり、汚れたテーブルや食器をかたづける仕事を嫌っているじゃない。娘には絶対にそんな仕事はさせないとも言っているわ」

「黙っていたのかと聞いたのは、ウェイトレスのことじゃないわ。なぜ本をつくることを相談してくれなかったかということ。お金なら出してあげたのに。それでは気がすまないと言うのなら、貸してあげたわ。雑誌にあなたの童話が載っていることも、なんとなくわかっていたの。ペンネームをつかっていたから、確証はなかったけど」

はたちになった娘も、母にとっては手をつないでやらなければ歩けない幼子だったのです。何事も話して相談して、力になってやらなければならない子供でした。

「お母さんは、わたしが童話作家になることに賛成してくれるの？」と、たずねることはできませんでした。賛成してくれても反対されても、わたしは童話を書きつづけるつもりだったからです。母は、相談してくれることをもとめました。でも娘は相談したくなかったのです。母離れ子離れの時期がきていました。

「好きなことを、あきらめないでね」

『人魚のくつ』をおしいただくようにして、母がほほえみました。喜んでくれているのかいないのか、わからないほほえみを見て、思い出したのは母の夢です。

幼かった日、母は子守歌を歌ってくれました。小学生のころは一緒に歌ってくれて、中学生になるとキッチンに立ちながらひとりで歌っている母の声を聞いたものです。母の声は美しく、歌うことが大好きでした。楽譜を読むこともできたのです。

「なぜ読めるの？」

たずねると、はずかしそうに答えてくれました。

「勉強したの。音楽大学をでて、オペラ歌手になるつもりだったから」

打ち明けられたのは、一回きりです。二度と母が夢について語ることはありませんでした。音楽大学に行く前に、母は夢をあきらめたのです。わたしには祖母にあたる母の母が、絶対に許さなかったからでした。

「良家の娘は、年頃になったら結婚して、きちんとした奥さんになる」と、祖母は決めこんでいたのです。母は女子大の家政学科を卒業して、二十代の初めに父と結婚しました。長女のわたしが生まれても、祖母に子育てを手伝ってもらうことはできません。大会社のサラリーマンだった父は、結婚して一年後に、東京本社から千葉の支社に転勤したからです。東京の下町にあった母の実家から千葉へ、祖母が来てくれることはなかったし、実家では長男夫妻に子供が生まれていました。朝の八時には出社して、夜の八時過ぎなければ戻らない父に、育児を助けてもらうことはできません。知らない土地で、ひとりぽっちで、母はわたしを育てたのです。三年後には弟が生まれ、その二年後には妹が生まれました。三人の子育てと家事に追われて、母は夢を胸の奥の奥にしまいこまなければなりませんでした。しまいこんで、取り出すこともうしなかったのです。だからこそ、あきらめないでと言ったのでしょう。童話作家という、母にとっては見当もつかないものになりたがっている娘への、遠慮がちのエールでした。

原稿の依頼があった

同人誌の第一号をだした数週間後、電話がありました。

「ＮＨＫのラジオドラマを製作しているプロデューサーですが」

ＮＨＫって、あのＮＨＫですか・・・言葉にはしなかったものの、驚きでいっぱいでした。天下のＮＨＫがわたしに電話してくるなんて、何事だろうか・・・

「タムタムおばけとジムジムおばけを、ラジオドラマにしていただきたいのです」

名前を名乗ったあとで、プロデューサーが言いました。『タムタムおばけとジムジムおばけ』は、同人誌に書いた童話で、湖の底に棲むおばけふたりのラブストーリーです。シュークリームでおばけを釣ろうとする人間やおばけを買いとって見世物にしようとするサーカスの団長などが登場するユーモラスなシーンも、どんなに総理大臣を変えてもおばけと人間が共棲できる世の中にはならないと、おばけの総理大臣に言わせる、皮肉をこめたシーンもありました。ころころと変わっていたそのころの総理大臣にこめた思いです。四百字詰めで二十枚ほどの童話でした。

同人誌をつくる人たちの誰もがすることですが、わたしたちの同人誌も有名出版社や新聞社や放送局、有名作家などに送っていました。もしかしたら読んでもらえるかもしれない、もしかしたら批評してもらえるかもしれない、そして、もしかしたら新聞や雑誌にとりあげてもらえるかもしれない・・・はかないのぞみと夢をこめて、同人誌をポストに入れました。まさか、NHKのプロデューサーの目にとまるとは、考えもしなかったことです。

「放送時間は四十五分です。一か月後には原稿をいただきたい」

足元も定まらない、ふわふわした気持ちのまま、わたしは答えていたのです。

「わかりました。ありがとうございます」

それからが大変でした。ステレオ放送が始まったころで、テレビよりラジオを楽しむ人がまだ多かった時代です。ＮＨＫで放送されるラジオドラマを何回か聞いたことがありました。けれど、ラジオドラマってどうやって書くのか、わたしはまるで知りませんでした。「すみません、ラジオドラマなんて書いたこともありません。書き方もわかりません」と言えばいいのに、言えませんでした。言ったら、「では結構です。ラジオドラマが書ける人にお願いしますから」と断られるのだと、なぜか決めこんで、おそれていたからです。電話が終わると書店に走って、本を見つけました。『ラジオドラマの書き方』です。セリフや語りやモノローグ、効果音やＢＧＭ、フェードインにフェードアウトなど、ラジオドラマで使われる用語や書き方を必死に学んで、必死に書きあげたのがラジオドラマの第一作でした。語りにする場面も台詞も童話の時点でできているので、ストーリーについての苦労は感じませんでした。

プロデューサーとの打ち合わせ、出演してくれる声優たちとの顔合わせ、ドラマをつくるときの立ち会いなど、夢みていたステージが目まぐるしく実現しました。華やかで誇らしいステージなのに、わたしはおろおろするばかりでした。寝間着でベッドに入ろうとしていた女の子が、いきなりライトがまぶしい舞台にひきずりだされたようだったのです。

「ドラマ用語を使わなくてもいいんです。プロデューサーにわかるように書いてくれるだけで台本になるんですよ」

会ってやっと、わたしがまだ若く、仕事にも慣れていないことを見抜いたプロデューサーが言いました。ラジオドラマを書く機会はその後もあって、少しずつ、台本の書き方も心得ていきました。生まれて初めていただいたのは台本料ですが、それだけで生活することはできません。昼は受付のバイトをして、休日は同人誌の集まりにでかけていたので、書くのは夜だけでしたが、充分でした。五時間もあれば、短い童話をひとつ仕上げることができたからです。

『家庭画報』から連絡があったのは一九五九年の十二月でした。

「新しく、童話のページをつくることになりました。毎月、読み切りの形で童話を書いていただきたいのですが」

編集者の声を聞きながら、ＮＨＫのときと同じように足がふるえました。母が愛読していた雑誌は前の年に廃刊になって、勉強会も消滅していました。投稿する機会も失われたのですが、苦にはならなかったのです。わたしには仲間ができて、同人誌もありました。母は、地味な感じだった雑誌の替わりに『家庭画報』を読むようになっていたのです。にこやかにほほえむ女優さんが表紙を飾り、グラビアページが多くてずっしりと重い『家庭画報』は優雅で贅沢な雑誌でした。

「お送りいただいた人魚のくつを拝見しました。童話のページは初のこころみなので、フレッシュな作者にお願いすることになったのです。いわさきちひろさん、初山滋さん、井上洋介さんなどの有名イラストレーターに挿絵をつけていただきます」

なぜわたしに？　とたずねる前に、編集者が言っていました。打ち合わせは家庭画報の編集室で一週間後の午後三時と決めてくれたのも編集者です。いつ、どこにしますかと聞かれても、わたしには答えようがありませんでした。どんなところで打ち合わせをしたらいいのか、まるで知らなかったのです。ＮＨＫのときは書店でしたが、デパートの下着売り場に向かって、わたしは走りました。

ひきこもって、ひたすら書いていたころ、服装について考えたことはありません。寒い時期には毎日同じジーンズとセーター、暑くなると二枚のジーンズに数枚のTシャツで過ごしていたのです。寒さをふせいだのは、学生のころから着ている紺のウールのコート一枚です。同人誌の集まりにでかけるようになってやっと、新しいジーンズやワンピースやスカートを身につけるようになりましたが、衣装代はなるべくおさえなければなりません。ワンピースの下に着たのはブラとショーツで、たいていの女性がつけるスリップをわたしは持っていませんでした。「スリップをつけることはドレスをいたわること。きちんとした下着をつければ着こなしも美しくなって自信も生まれる」ことはわかっていました。けれど、わたしはスリップをけちったのです。うわべだけ装っていれば大丈夫と思っていました。自信をもって編集室に行きたい、美しく見せたいとのぞんで、下着売り場に走ったのです。服はもう決まっていました。黒のワンピースで、光沢のある襟をつけたものが晴れ着だったのです。

当時はお茶の水にあった編集室に向かったのは、つめたい風が吹き荒れる日でした。スリップをつけたわたしは胸を張って歩き、背中もぴんとのびていました。でも、心の中はその日の風よりも激しく動いていたのです。夢みたことが、ほんとうになっていく・・・よろこびで、胸が爆発してしまいそうでした。

あたりまえのことですが、編集者は冷静です。いつもしていることを、いつもしているようにしていたのですから。

「原稿の枚数は十枚から十二枚までです。締め切りは月末、原稿料は・・・」

暖房が効いた応接室で編集者の言葉を聞きながら、わたしのよろこびはますますふくらんでいきました。どこをどのようにして、家にもどったのかわかりません。

「どうしよう、どうしよう、どうしよう」

部屋にとじこもると、頭をかかえてくりかえしました。全国の女性に知られている雑誌に載って、何万人もの人に読まれるのだから、絶対に素晴らしい童話を書かなければならない。どうしたら最高の作品が書けるのだろう・・・舞い上がって、気負い立っていました。全国的に知られている有名な婦人雑誌、たくさんの読者、高名なイラストレーターの挿絵・・・かがやくばかりの事実が、頭の中でぐるぐると渦まいています。気負い立ったまま、わたしは書き始めていたのです。浮かんできた風景を書き、登場人物たちの会話を書いてと、たちまち行き詰まる断片を書き散らしました。部屋は紙くずだらけになって、ため息があふれます。五枚の童話なら、思いつきをそのまま書けば仕上がりました。十二枚に増えただけで、五枚の方法は通用しなかったのです。

「何をやっているのよ、冷静になりなさい」自分を叱りつけて書くことを中止しました。人魚のくつを書いたときのことを、ゆっくりと思い出してみたのです。

「人魚と、思いがけないアイテムの組み合わせ、ストーリーを動かす男の子、背景になる湖と季節」

考えているうちに気負いがしずまりました。枚数が増えても、ストーリーのつくり方は同じでいい。登場人物も場面も増やす必要はない。人物の行動や会話を増やして、深く書きこんでみたらどうかしら・・・落ち着くと、背景にしたい場所が浮かんできました。春に行ったあんず林です。信州に住む友人をたずねた帰りにすすめられました。

「あんず林に行ってみるといい。花盛りですばらしいと思うよ。案内してもいいけど、あなたひとりの方がいろいろと感じるはずだ」

うららかに晴れた日の午後、入ったあんず林は桃源郷そのものだったのです。わたしのほかには誰もいないそこで、薄紅色の花だけがうらうらと咲いていました。花に酔い香りに酔って、いつまでも立ちつくしていたのです。

「あのあんず林に、迷いこんだのは盗みを成功させて得意になっているどろぼう。あんずの花の美しさが、どろぼうの心根を変えてしまうの。でも、何十年も悪事を働いてきたどろぼうが、花に酔いしれただけで改心するのは不自然だわ。アイテムが必要なのよ、どろぼうにはそぐわない赤ん坊なら絶妙な組み合わせではないかしら。でも、赤ん坊は、ひとりであんず林に来ることができない。捨てられたことにする？　どろぼうは、仕方なく赤ん坊を拾ってしまう。赤ん坊はおなかをすかせていて、どろぼうは持っていた牛乳を飲ませる。牛乳ビンから飲むことはできないので、どろぼうは口移しで飲ませてやる。赤ん坊の無邪気さが、どろぼうの善をよみがえらせる」

あんず林の美しさを思いだしていると、ストーリーやシーンがうかんできました。が、書くことはできません。ばらばらだからです。思いついたことをメモする・・・初めての思いつきでした。ばらばらなメモに順番をつけ、足りないところには書きこみを入れます。どろぼうは、なぜ牛乳を持っていたのか、いつどこで牛乳を手に入れたのか、赤ん坊を捨てたのは誰なのか、なぜ捨てたのか、どろぼうはどうやって、赤ん坊が捨てられたことを知ったのか、などの書きこみに答えをつけていくうちに、童話の形が見えてきます。家庭画報に書くことで、発見したのはメモの大切さでした。メモには、思いつくかぎりのことを書いておきます。登場人物のメモなら、姓名、住所、性別、年齢、性格、得意な仕事やスポーツ、嫌いな食べものや飲みもの、服や靴のサイズ、持病、家族、恋人、ペットなどなど、とにかく書くのです。靴のサイズなんていらない、ストーリーには関係ないものなどとは言わずに書きます。思いついたらすぐにメモすることを心がけるのです。キッチンでタマネギをきざんでいるときでも、満員電車で押されているときも散歩しているときも美しい月を見上げているときも、思いついたことをメモします。役にたたないことがあるかもしれないけれど、メモをつくることで物語りはどんどんふくらんでいくのです。お風呂に入っていてメモできない場合には、必要事項を三回、声にだして言えば忘れずにすみます。完璧なメモができれば、作品をたやすく書くことができて無駄なこともしないですむのでした。一年の約束だった読み切り連載は二年にのび、わたしは少しだけのぞみのものに近づいたのです。

『あんず林のどろぼう』は、書きあげたとたんに、わたしから離れてひとり旅を始めました。生みの親のわたしは、魂を分けた子供がどこへいったのか、どうしているのか、たしかめることができません。それともとっくに旅を終えて、誰の目にもつかなくなってしまったのでしょうか。ときどき考えることはあっても、ほとんど忘れていました。生活がせわしなかったからかもしれないし、書いてしまった作品のことよりも、これから書く作品に心を向けていたからかもしれません。

発表して二十年ほどがたったとき、わたしは子供の行方を知ったのです。『あんず林のどろぼう』と、自費出版した「人魚のくつ」に収めた『古いシラカバの木』が教科書に載ることになったのでした。

そのころ、練馬区にあったわたしの家の庭には二本のシラカバがあり、ネットのフェンスがありました。フェンスの向こうは通学路で、午後になると小学生たちが歩いてきます。初夏で、開け放った窓から、小学生たちの声が聞こえてきました。

「シラカバの木の作者がいる家だよ。お姉ちゃんはあんず林のどろぼうを勉強したんだ。どろぼうの作者もここの家の人なんだって」

「だから、シラカバが二本あるんだね」

聞きながら、わたしはほほえみます。今日、国語の時間に古いシラカバの木を読んでくれたんだ・・・シラカバの木の作者と知られたのは、その子たちと同じクラスに娘がいたからです。三年生になったばかりのころ、娘は本を一冊かかえて戻ってきました。立原えりか作『およめさんはステゴサウルス』です。

「わたしが書いた本じゃないの。あなたはとっくに読んだわ。どうして借りてきたの」

首をかしげるわたしに、娘は答えました。

「すごく面白いから貸してあげるって言われた。返せなかったのよ。お母さんが立原さんだってこと、友だちは知らないもの」

すぐに納得しました。娘の母親としてのわたしは、本名をつかっています。娘の友だちもクラスのお母さんたちも、わたしのペンネームを知りません。本を返すとき、娘は友だちにペンネームのことを話し、立原えりかが娘のお母さんであることはたちまち知れわたってしまいました。だから、小学生たちは庭をのぞきこんでお喋りします。苦笑いしていたわたしは、間もなく小学生たちの餌食になりました。

ある日の午後、チャイムが鳴りひびいたのです。約束なしでやってくるのはセールスマンか宗教をすすめる人くらいだったので、用心深くアイホンをたしかめました。写っていたのはピースサインしている子供です。

「今日は、＊＊小学校三年生です。古いシラカバの木の作者について調べにきました」

屈託のない声が聞こえて、ドアを開けると、女の子ふたりと男の子がひとりいました。打ち合わせスペースに入った子供たちは緊張しているようです。

「どんなことを調べにきたの」

たずねると、女の子がノートをひろげました。

「古いシラカバの木が教科書に載って、先生はどのくらいもうかりましたか」

やっぱりね、と思いました。日本に、小学校三年生が何人いるのかはわかりません。教科書は何種類かあって、学校によって使うものが違います。やってきた子供たちは、日本にいる小学三年生全員が、古いシラカバの木が載っている教科書を使っているのだと思いこんでいました。それほど多くの子供たちが手にとる教科書に載ったのだから、作者はよほどのお金をもらったに違いないと考えたのです。

「そうね、使用料として、2万5千円か3万円くらいいただいたかしら」

「へえー、それっぽっちなの」

三人が、がっかりした声をあげます。

「質問ですが、あなたたちは、教科書にお金を払いましたか」

「教科書は、ただです」

「ムショーハイフです」

ムショーハイフは無償配布、無料で配ることです。

「教科書は、小学生が勉強するのになくてはならないものなの。大切なものだから、お金がなくて買えない子がいてはいけない。だからただなのよ。教科書でお金もうけをしている人はいないの」

「ふーん、そうなんだ」

がっかりした声のまま、子供たちは帰ってしまいました。作品が思いがけない旅をして、予定していなかった訪問客を連れてきたことに、わたしはびっくりして、それからしみじみした気持ちになりました。わたしの童話は、とんでもない遠くまで旅をして、知り合いをつくっていたのです。

『あんず林のどろぼう』は、わたしが考えたこともなかったところまでいきました。私立中学の入学試験問題になったのです。

「町へきたどろぼうは、高価な宝石の首飾りをポケットに入れている。首飾りは宝石店にしのびこんで盗んだものだった。首飾りを売れば、どろぼうは大金持ちになれる。けれど、おなかがすいていたので、あんぱんと牛乳を買った。人目につかないところで腹ごしらえしようと考えたのだ。歩いて歩いて、どろぼうはあんず林に迷いこんでしまう。青い空からは光がこぼれ、あたりには花と甘い香りがただよっている」が前半のあらすじで、以下はあらすじにつづく本文です。

『空からも、ひかりといっしょに、あんずの花の、あまいにおいが、こぼれおちてくるようでした。どろぼうは、なんだか、たまらなくなりました。

(おれは、こんなところで、あんぱんくっちゃいけないんだ。おれは、こんなにたくさんの花がみているところで、ぎゅうにゅうのんじゃいけないんだ。もっと、むこうへいこう。花のないところへいこう)』

次は問題です。

「どろぼうは、なぜ（　）のように思ったのでしょうか、1、2、3のうちで正しいと思う答えをひとつだけ選んでください。

1・どろぼうが、はずかしくなった

2・花に見られている気持ちがした

3・美しい花から逃げたくなった」

ひとつだけなんて、選べません。1も2も3も正解でした。でも試験となれば、どれかひとつをえらばなければならないのです。どれが正解にされたのかはわかりませんでした。小説も童話もエッセイも、一部が試験問題につかわれることがありますが、事前に作者の許可をとることはありません。外部の者に問題がもれてはならないという配慮からでしょう。

「これを試験問題にするので許可してくださいと言われても、答えようがない」

試験実行後に送られてきた問題を前に、わたしはつぶやくばかりでした。

「私も試験問題をやってみたことがある。正解だと思った答えはバツだった。作者なのに正解できないなんてね」

知り合いの作家が言いました。

旅立たせた作品の行方はわからないし、いつまで旅をつづけることになるのかもわからないと、あらためて思いました。だから作者は万全を期して作品をつくらなければならないのです。

長編を書いてみる

二千字の童話を書き、家庭画報には五千字ほどの童話を連載しながら、わたしの胸に浮かんだのは疑問と望みです。

「このままでいいのだろうか。短い童話を書いているだけでは、ずっと同じことの繰り返しではないか」が疑問で、望みは「ちゃんとした本を出版すること」でした。『人魚のくつ』は、ちゃんとした本です。六十四ページしかなくても、表紙もついているし、作品ごとに可憐なイラストも添えられていました。本をつくったことで、新人賞をいただき、ＮＨＫと家庭画報からの原稿依頼があったのです。満足しなければいけないのに、望みはまたふくれあがりました。「お金を払わずに出版すること」と、「有名出版社の名が記されている本であること」を、わたしは望んだのです。ページ数も多く、厚くて背もついている本であることも望みにプラスされました。

講談社が、創業五十周年を記念して『講談社児童文学新人賞』の募集を開始したのは一九六〇年です。「これだ！」と、わくわくしました。入選作は講談社の雑誌に掲載されるか、単行本として出版されます。原稿の枚数にはかなりの幅があり、四百字詰め原稿用紙で六十枚以上、五百枚以下のきまりでした。ジャンルは自由で、有名な作家やイラストレーター五人が審査にあたります。

太平洋戦争が終わったのは一九四五年八月でした。東京は焼け野原になり、戦災孤児たちがあふれていました。ようやく平和が戻った町で、人びとは懸命に働いていましたが、十五年では完璧に元通りにはなりません。焼け野原を町に変え、空腹を満たし、孤児たちに救いの手をのばしました。たしかに、モノは豊かになったのです。遅れていたのが芸術ですが、それも少しずつ復興していきました。音楽、舞踊、絵画、小説など、心の栄養になるものがひろまっていったのです。けれど、子供たちの栄養はまだまだでした。子供の心を豊かにする芸術は、大人にくらべたらずっと遅れていたのです。わたしもふくめて、ファンタジーや童話、少年少女小説のたぐいを書いていた人たちの著書を出版してくれる出版社はまれでした。「これだ！」と拍手したのはわたしだけではなかったのです。ほとんどの作家が、講談社児童文学新人賞に応募してはばたいていったと言えます。

「どんな物語にしようか」

考え始めたのは夏の終わりです。第一回の締め切りまで、八か月ありました。

六十枚を超える物語を、思いつきだけで書くことができないことはわかっています。机には並べられないので、床に五枚の紙を置きました。『誰が』『いつ』『どこで』『何をした』かを詳しくメモしていくつもりだったのです。『なぜ』は四つのＷＨが見えてきたところで考えようと思いました。

小人、大男、船長さん、海賊、どろぼう、女の子、南の島、ワニ、歴史の本、人さらい、子守歌、たてごと、ホテル、オルゴール・・・思いつくものを書いて、分類してできあがったのは『でかでか人とちびちび人』を書くためのメモです。主人公にしたのは十四歳の女の子と南太平洋を航海する五十歳の船長でした。女の子は何年か前のわたしで、船長のモデルは神風特攻隊の生き残りだった叔父です。太平洋戦争の末期、アメリカ軍のフィリピン上陸作戦に対抗するためにつくられたのが神風特攻隊でした。アメリカの空母めがけて、航空機ごと突っ込んでいく特攻隊員は、生きて帰ることができません。何回となく訓練をしていた叔父が、いざ攻撃と腹をくくって遺書もしたためた翌日、戦争は終結したのです。生き残りの叔父はパイロットとしてマイクロネシアの島をめぐり、ハワイにも飛んでいました。小学生だったわたしは、叔父に会うのを楽しみにしていたものです。肌を焦がすほど暑い日差しや空高く伸びているヤシの木、裸足で歩いている島人や葉っぱでふいた屋根のある家について叔父は話しました。おみやげにもらったのは、石でつくったミニチュアのお金や草の腰みのをつけたカップルの人形などです。

女の子ゆりと、六兵太と名づけた船長はふたりで暮らしている設定にしました。両親も兄弟姉妹もいることにすると、多くの人物を書かなければならなくなります。わたしはさっさとゆりを孤児にして、船長を寡男にしてしまったのでした。

「ある晩のこと、ゆりはひそかな物音と、船長の声を聞きました。船長のほかには誰もいない部屋から聞こえてきた物音をいぶかしんだゆりは、問い詰めます。船長が見せたオルゴールの中に、眠っていたりは大勢のちびちび人たちでした。ちびちび人たちは、ちびちび島とでかでか島の歴史を書こうとしていたのです。書くために必要な文字を教えているのは船長でした。

でかでか島に住むでかでか人の身長は船長の一・五倍で、ちびちび人の大きさは人やワニの耳にもぐりこめるくらいです。ちびちび人の特技は子守歌で、聞いたものはみんな、ぐっすりと眠りこんでしまうのです。ちびちび人が、『歩け！』『逆立ち！』などと命令すると、眠ったままで命令にしたがいます。

でかでか人とちびちび人は力を合わせてワニ狩りをしていました。ちびちび人がワニを眠らせて、でかでか人がつかまえます。ワニを売ったお金で、手に入れるのはふたつの島にはない灯油やパンやハムや砂糖でした。仲良く楽しく暮らしていたでかでか人とちびちび人に異変がおこったのは海賊の出現です。ちびちび人の特技を知った海賊たちは、大掛かりな盗みを企てました。ちびちび人の家族をさらって、大きな町の人びと全員を眠らせようとする計略です。計略は大成功で、人びとが眠りこんだすきに、海賊は町じゅうのお金や宝石を盗んでしまいました。

行方不明のちびちび人家族を見つけてほしいと、でかでか人に頼まれたゆりと船長は新聞記事の全てをあさります。そして発見したのが、人びと全員が眠りこけた事件でした。ちびちび人家族を取り戻そう・・・ふたりは盗難事件がおこった町に行き、目と心を鋭く働かせて観察をつづけました。ゆりが疑ったのは後生大事に包みを持っている男で、包みからはたてごとと歌声が聞こえてきたのです。ちびちび人だ！　察したゆりは男のあとをつけて、泊まっているホテルをつきとめます。二十八人の海賊は、ぜいたくなホテル暮らしを楽しんでいました。

海賊の船が出港する日をたしかめた船長は、でかでか島に向かいます。五十人のちびちび人を海賊が泊まっているホテルに連れていくためでした。ホテルで、海賊たちの服にちびちび人たちをかくしたのはゆりです。そうとは知らない海賊たちは、出港して行きました。海賊船にしのびこんで、ゆりと船長も船出します。ちびちび人たちが歌い、海賊たちはそろって夢の中に入っていきました。『立て！』『歩け！』『ボートに乗りこめ！』ちびちび人に命令されるまま、海賊たちはボートに乗りました。ボートを運転した船長は、無人島に海賊たちを上陸させ、取り戻したちびちび人たちをでかでか島に帰します。

別れの宴で、ゆりが受け取ったのは、小さなたてごとでした。ゆりの手のひらで、たてごとは風が触れるたびに鳴ります。何年もが過ぎて、お母さんになっても、ゆりはたてごとの音を聞いては不思議な冒険を思いだすのでした」

『でかでか人とちびちび人』のあらすじです。メモを読みながら、自問自答しました。

「海賊に連れ去られたちびちび人家族は三人なのよ。たったの三人で、町にいる数千人もの人を眠らせることができるかしら。ちびちび人は、ワニや人の耳に入って歌うことになっている。ひとりが眠らせることができるのはひとりだから、三人は三人しか眠らせることができない」

「町には時計塔があって、朝と夜の七時には町じゅうに音がひびくの。拡声器みたいなものかしら。海賊はちびちび人の歌声を録音して、時計塔から流す。町じゅうの人が眠ることになるわ」

「ゆりは海賊たちの部屋に入って、五十人のちびちび人を服にかくした。二十八人の海賊がひとつの部屋で寝ているとして、どうやって入ったの？　ホテルのキイは部屋ごとに違うのよ、キイなしで入ることはできない」

「メイドに変身すればできるわ。ほんもののメイドに頼みこんで、制服とキイを手に入れたのは船長。悪いことかもしれないけど、ちびちび人家族を取り戻すためなら許されると思うの」

「船長とゆりは、海賊船に乗っていた。海賊全員が眠りこけたのに、目をさましていたのはなぜ？」

「歌声が聞こえないように、耳栓を使うの。ほかの場面でも、眠りたくない場合には耳栓を使うことにするわ」

自問自答も書きこんだメモは、膨大なものになりました。完成近くなったのは年末です。原稿用紙の隣りにメモを置いて、やっと物語りを書き始めたのは新しい年が明けてすぐでした。行きつ戻りつしながら、すすめていったのです。ひと晩に二千五百字ほど書けるときもあれば二百字も書けないこともありました。

「とにかくつづけよう。毎晩、物語りと向き合って、百字でもいいからすすめるのよ」

根気が必要な作業でしたが、辛いと感じたためしはありません。場面を重ねて物語りをつくっていく楽しさに酔っていたのです。

四百字詰めの原稿用紙で二百枚ほどの『でかでか人とちびちび人』ができあがったのは四月末でした。締め切りは五月八日ですが、五月二日には郵送しなければなりません。コピー器など身近にはないころですから、できるかぎりくわしくメモをとりました。分厚い封筒はポストに入らないので、郵便局に出向かなければなりません。五月三日と五日は祝日でした。

「このままでは送れない」

初めて仕上げた長編原稿の前で、わたしはため息をついていました。読み返して、文字の間違いがあれば直し、ストーリーにちぐはぐなところがあればととのえなければならないのです。一週間足らずの時間でできることではありません。

「来年に持ち越すほかない」

あわてて間に合わせるよりも、たっぷりと時間をかけて完成させることを、わたしは選びました。物語りとつきあう楽しさを、もう一年つづけてもいいと思ったのです。ゆっくりと、しみじみと、物語りと向き合って一年がたち、『でかでか人とちびちび人』は講談社に送られました。

結果がわかるのは十月の終わりです。

「入賞する」と、わたしは確信していました。投稿をつづけていたころにわかった確信です。最後の句点を書き終えたとき、「楽しかった！」「これで完成！」と拍手した作品は入賞しました。「なんとなく満ち足りない」「もう少しなんとかならなかったのかしら」と感じた作品は没になったのです。

「あなたの作品は、当社児童文学新人賞の最終選考に残っています」

通知を受けたのは九月末でした。諸刃の剣の通知です。よかった、嬉しいと思う一方では、最後に落選するのかもしれないという不安がひろがります。童話コンクールのいくつかが、「最終選考に残った」通知を作者に送っていますが、良いものか悪いものか判断がつきません。諸刃のどちらなのかがわかるまで、作者はいたたまれない時間をすごさなければならないのです。電話が鳴るたびに飛びあがって、どきどきする日々でした。

入選の電話を受けたのは秋めいた日の午後です。「ありがとうございます」と電話に頭を下げながら、ようやく落ち着きました。講談社の会議室で、賞状と賞金のあとにいただいたのはA5判の冊子です。水色の表紙には『でかでか人とちびちび人』のタイトルがあり、中は二段組でわたしの原稿が印刷されていました。審査員諸氏が読むためにつくられた冊子です。

「出版まで一年ほどかかります。原稿の訂正は一か月以内でお願いします」

児童図書編集部の編集者が言い、家に戻ったわたしは、母に賞状を見せて賞金を渡しました。

「どこへ行ったのかと思ったら、こんな嬉しいものをいただきに行ってたのね」

賞状と賞金を、母は神棚にあげて手を合わせました。

「賞金は、お母さんがつかって。本ができるのは一年後ですって」

報告しても、母は興味を示しませんでした。ぽっつりと口にしたのは、高校のクラスメートが結婚したことです。

「式はTホテルで、披露宴には百人ものお客さまが集まるんですって」

童話や本ばかりに心を向けて、恋愛にも結婚にもそっぽを向いている娘が、母は気に入らなかったのです。恋人を紹介するとか結婚式場の話をするとかしたら、母は身を乗り出して相談にのってくれたでしょう。母ののぞみは、娘が自分と同じものになってくれることでした。わたしは母ののぞみを適えようとはしなかったのです。

「たいしたもんじゃないか、がんばれよ」

夜遅く、部屋に入ってきて言ったのは父です。

「本には、叔父さんをモデルにした人が登場するの。パイロットではなく船長として」

「そうか。できたら彼に進呈してほしいな。きっと喜ぶ」

「でもわたし」

わたしは申し訳ない気持ちを伝えました。

「いつまでも、お父さんに食べさせてもらっている」

「気にするな。男は、家族のために稼ぐ。稼いだ金をつかってくれる人がいるのは幸福なことなんだぞ。俺は男の中の男だ、女房にも子供にも不自由はさせない」

「お母さんはわたしが、早くいい人を見つけて結婚すればいいのにと思っているわ。作家になることには反対みたい」

「母さんにも俺にも、作家ってどんなもんかわからないんだよ。わからないけど、俺はおまえが、なりたいものになればいいと思っている。本の替わりに、人形を買い与えていたら、母さんの思い通りになったかもしれないと考えることもあるけど」

父が『小公女』をプレゼントしてくれたのは小学三年の誕生日です。伊藤整氏が完訳した『小公女』は厚さが四センチもあって、細かい活字がぎっしりと詰まっていました。これなら一週間楽しめると考えて選んだ本です。ところが、父の思惑を裏切って、わたしは三日で『小公女』を読んでしまったのです。そればかりか、次々と読みものを欲しがりました。『少年少女文学全集』『世界に知られる人たち百人の伝記』『星座物語』『世界の神話』などなど、買ったり借りたりして、父は本を手に入れてくれたのです。『アルセーヌ・ルパン』も『十五少年漂流記』も『若草物語』も『ギリシャ神話』も『マリー・アントワネット』も、がつがつと読みました。読んだ本はみんな、物語りをつくる力になったのです。

何回となく『でかでか人とちびちび人』を読み返して二週間が過ぎたころ、母の歌を聞いて腰をぬかしそうになりました。ジョゼフィン・ベーカーの歌だったからです。一九〇六年にアメリカのセントルイスで生まれたジョゼフィンは世界を風靡したダンサーであり歌手でした。生涯のほとんどをパリで暮らし、一九七五年、六十八歳での死は国葬でいとなまれたほどの有名人です。葬儀の様子はフランスの国じゅうにＴＶ放送されました。

日本では、ジョゼフィンのダンスを見ることができません。が、歌を聞くことはできたのです。わたしが童話に熱中して、弟は大学、妹は高校の生活に慣れてくると、母には時間ができました。掃除と洗濯と食事をつくることはつづきましたが、子供たちの世話を焼く必要はなくなったのです。ゆとりの時間、母がしたのはレコードを聴くことでした。マリアン・アンダーソンとジョゼフィン・ベーカーがお気に入りの歌手です。マリアン・アンダーソンはアメリカ黒人のキリスト教的な宗教歌を歌っていました。黒人霊歌とよばれた歌の数かずは母の心をゆさぶりましたが、歌おうとはしませんでした。低くて重い声が、母とは似ても似つかなかったからです。同じアメリカ黒人でも、ジョゼフィンの声は甘いソプラノでした。母は、自分に似ている声を師匠にしたのです。

『ルイジアナの小さな花よ』と始まる歌を、母はフランス語で歌っていました。フランス語だとは知らずに歌っていたのです。ジョゼフィンそっくりに歌えるまで、母はレコードを聞きに聞きました。聞き過ぎて音がぼけてしまうと、新しいレコードを買ったのです。両親と三人の子供たちの家族は、蜜月に等しい日々を過ごしていました。みんなが自分に満足して、生きていたのです。

生活が変わった

二十代の後半で、わたしは結婚しました。母の望みを適えたのです。おごそかな式もなく、はなやかな披露宴もない結婚で、新婚旅行もしませんでした。式に立ち会ったのはふたりの両親だけだったので、思い出すたびに母は文句を言いました。

「親戚ひとり、クラスメートひとりも呼べない寂しい式だったわね」

でも、わたしは結婚したのです。新居は練馬区にあったので、引っ越ししなければなりませんでした。家具も衣類も運んだあとなので、身ひとつの引っ越しです。

「くたびれたら、戻ってこい。結婚しても、おまえは父さんと母さんの娘なんだから」

「でも、ひと休みしたら練馬に帰るのよ」

両親のはなむけです。

新居におさまったわたしは、母を真似た暮らしを始めました。目覚めたらキッチンに立ってコーヒーをいれ、朝食をつくります。トースト、ハムエッグ、トマトサラダなどの洋風だったり、焼き魚、みそ汁、漬物にご飯の和風だったりでした。ふたりでの朝食がすむと、汚れた食器を洗って部屋の掃除をします。洗濯したものは庭に干して、買いものにでかけました。夕食用の食材を仕入れて冷蔵庫にしまうと、執筆の時間です。夢中になっていると、あっというまに夕食をつくらなければならなくなりました。

「ふたりは結婚して、いつまでも幸せに暮らしました」というおとぎ話の結末を、何回も思いうかべて、わたしはつぶやきました。

「幸せに暮らすって、なんていそがしいんだろう」

母が取り仕切っていた家で、必要なものが切れることはありませんでした。トイレットペーパーが終わりになると、芯を外して新しいものと交換すればよかったのです。トイレの棚にはいつも、トイレットペーパーが並んでいました。なくなったためしはありません。キッチンの棚には調味料やお茶、コーヒーも紅茶も並んで、これも途切れたことはなかったのです。お米も麺類も、ちょうどいい感じで箱に入っていました。セッケンが小さくなれば新しいものを取り出し、洗剤もなくなれば新品に変えました。暮らしに必要なものはみんな、予備がそなえてあったのです。全部母がしていたことなのに、わたしはあたりまえのようにトイレットペーパーを使って、コーヒーを飲んでいました。新居で、魔法はおこりませんでした。買ってこなければ、トイレットペーパーの棚はからっぽのまま、からになった砂糖入れに、砂糖がわいてくることはなかったのです。切れてしまったトイレットペーパーの替わりにティッシュペーパーの箱を置くこともたびたびでした。シャンプーの替わりにセッケンを使ったこともあります。十二ロール入りのトイレットペーパーを十個、六個入りのセッケンを十箱、洗剤やシャンプーやトリートメントも十個買って車で運んだとしても、いつかはなくなってしまいます。食品については、一週間分が精一杯でした。それ以上に買いこんでも味が悪くなるばかりだからです。棚を調べてはトイレットペーパーの残りを数え、砂糖入れを見ては砂糖の減り具合をたしかめて、わたしは母に似た女になっていきました。

あたりまえですが、買いものにはお金がかかります。結婚する前、生活費について、わたしたちは真剣に話し合いました。

「おとうさんに家賃を払わなければならないけど、住むところはあるし、着るものももっている。必要なのは食費だけ」

「家賃は格安だし、ぜいたくをしなければ、月に二万円くらいで食べていけるんじゃないかな」

土地を買って家を建ててくれたのは義父です。甘やかしてはならないと考えたのでしょう、義父は月数万円の家賃を払うことをふたりに義務づけました。

「父親なら、土地も家もポンとプレゼントしてくれればいいのに。けちくさいわよ」

母は義父にけちをつけました。向き合って言ったのではなく、わたしとふたりだけのときに文句を言ったのです。

「うちは娘を嫁に出す立場だから、強いことは言えないわ。明治生まれで考え方が古い母親としては、嫁しては家に従えを守ってほしいと思う。だけどけちはけちだわ。程度の高い家ならともかく、部屋はふたつきりじゃないの」

「ダイニングキッチンもあるし、バストイレも完備なのよ」

わたしの弁護を、母は受け入れません。両親が、彼の家族とつきあうこともありませんでした。

「最寄り駅まで、バスに乗らなければならないのは不便だわ。家族が増えたらどうするのよ」

母はけちをつけつづけ、わたしは答えました。

「そうなったら考えるわ」

母よりも父の性格を、わたしは強く受け継いでいたようです。

「イラストがひとつと童話がひとつ売れればなんとかなる」

「ふたつずつ売れるかもしれないんだし」

わたしは、楽天的でした。考えていても始まらない、とにかくすすんでいくほかない・・・結論をだしてしまいました。

願い通り、彼のイラストもわたしの作品も、売れるようになりました。銀座まででかけて、お洒落なレストランで夕食をとるぜいたくもできるようになったのです。

一年ほど過ぎて、わたしはようやく、彼が父とは違うことに気づきました。「男の中の男だ」と肩をそびやかし、「つかってくれる家族がいるから金を稼ぐ」と笑った父にくらべたら、彼はとんでもないナルシストでした。この世でいちばん大切なのは彼自身と、描いている絵の世界だったのです。でも、けちをつけることはできません。わたしも同類でした。ナルシストがふたり、それぞれの部屋にひきこもって、それぞれが夢みる世界を構築していたのです。彼もわたしも、つかってくれる家族がいるからお金を稼ぐ幸福がほしいとは思いませんでした。母親に溺愛されて育った彼は、つくされてあたりまえで、お金も払ってもらうのがあたりまえだったのです。生活費について考えるものの、それは彼自身のためだけの生活費です。わたしという伴侶のための生活費など、思いもよりませんでした。それにわたしは、彼よりもたくさん稼ぐようになっていたのです。ふたり分の食費など苦にはなりませんでした。というよりも、そんなことを考える時間がなかったのです。

当時は、ＮＨＫ教育テレビ学校放送とされていた番組にかかわることになったからです。小学三年生が見る『道徳』がテーマの番組でした。週一度、長さは十五分で、『学校の廊下を走ってはいけない』とか『友だちには親切にしよう』とかのテーマをＴＶドラマにして教えなければなりません。演じるのは棒でつかう人形で、ヤギやクマやウサギなど、動物の姿で服を着ていました。楽しんで見てもらわなければと、プロデューサーもわたしも張り切っていたのです。教室でテレビを見ている三年生の様子を見せてもらったこともありました。『ゆうれいがでるお便所』が放映されたときのことです。

『大きくなる子』とタイトルが出ると、『みんな、みんな、大きくなるよ』の主題歌が始まります。三十人の子供たちが、大声で一緒に歌うのを見て嬉しくなりました。ドラマに入ると、子供たちは身をのりだして画面を見つめます。学校の三年生がつかうトイレのひとつには、伝説がありました。ゆうれいがでるのです。ゆうれいはかがみこんだ子供をつかまえて、トイレにひきずりこんでしまいます。だから伝説のトイレをつかう子はいません。休み時間、トイレには行列ができます。トイレは六つあるのに、つかえるのは五つだから、効率は悪くなってしまいました。ようやくすませると授業始めの合図が鳴っています。あわてた子が廊下を走って、前にいた子に接触して転んでしまいました。「だから、廊下を走ってはいけない」と、「きちんと並ぼう」のテーマをふくめたドラマだったのですが、わかってくれたかどうかわかりません。ゆうれいがでるお便所に惹かれて、見入っていたのかもしれません。

授業が終わって、トイレに行くと、行列ができていました。番組と同じように、ひとつだけ、誰もつかわないトイレがあったのです。

「なぜ入らないの？」たずねると、男の子が言いました。

「さっきのおはなしと一緒なの、あそこ、でるんだって」

プロデューサーもわたしも絶句しました。おはなしの場所はのんびりした地方の村に設定してありました。トイレは昔ながらの汲み取り式です。三年生が引き込まれる大きさでした。が、その学校のトイレは水洗なのです。子供を引き込むことができるとは思えません。

「あお～い手が出てきて、紙くれ～って言うんだよ」

トイレの怪談は今も健在だったのです。

『大きくなる子』の台本締め切りは水曜日でした。原稿を渡すのと同時に、次回の打ち合わせをします。テーマに沿ったドラマのあらすじを話し合い、登場する動物やシーンを決めるのです。人形劇団のメンバーも参加しました。製作費に限りがあるので、工夫しなければなりません。『川』に仕立てたのは一メートル四方の厚紙に青いビニールテープを張ったものでした。劇団の係りふたりが、左右でテープを引っ張ったり離したりすると、みごとに波がたちます。「やったね」と拍手して、シーンが決まりました。

木曜日から土曜日までが台本執筆で、月曜日にはプロデューサーと人形劇団の人に読んでもらいました。

「ヤギ先生はとんぼ返りができません。構造が違うんです」と言われたらキャストを変更しなければならないし、「人形たちは水着を持っていません」と言われればプールのシーンを遠足に変更しました。火曜日が書き換えで、水曜日は締め切りと打ち合わせ。またたくまに一週間が過ぎ、一か月が過ぎたのです。一年の約束だった『大きくなる子』は三年つづいて、童話を書く時間はありませんでした。

娘が生まれたのは、三十歳のときです。童話を書くことより彼と愛し合うことより、わたしは娘に熱中しました。わたしがいなければ生きていけない小さな命を、懸命にいとおしんだのです。歩きだした娘のために部屋を増築してベッドやタンスを入れました。可愛らしい服や靴や靴下を買うのも楽しみでたまりません。娘は日ごとに成長して、服も靴も靴下もすぐに使えなくなるのですが、惜しみなく出費していました。

「娘さんが喜ぶようなおはなしを書いてみませんか」

娘が二歳になったころ、国土社から連絡を受けました。娘が喜ぶのはどんなおはなしなんだろうかと考えもしないで「書かせてください」と答えていました。あとで、ゆっくり考えればいいのです。

娘とわたしは、世界一の仲良しでした。眠るとき以外は一緒で、手をつないでいます。スーパーも遊園地もデパートもふたりで行きました。娘がおともにしていたのが、ぬいぐるみのクマです。身長二十センチで、濃い茶色の毛につつまれたクマを手放したことはありません。眠るときも抱いていました。

「クマと娘のおはなしを書こう」

思いついて、メモ作りを始めました。登場するのは、生まれてから二歳になるまでの娘と、クマのぬいぐるみです。

「ゆりくまさんは、デパートのおもちゃ売り場にいるぬいぐるみのクマです。ずいぶん長いあいだ、売り場にいるのですが、買ってくれる人はいません。退屈になったゆりくまさんは、歩いたり話したりの練習をしました。そうして、デパートが閉店すると、いろんなことをするようになったのです。買ってもらえないのなら、一緒に暮らしてくれる人を自分で探そう・・・思いついたゆりくまさんは、占いの本で一緒に暮らす人を決めました。その人はマリ、カエデ町で生まれたばかりの女の子ですと、本には書いてありました。ゆりくまさんはデパートをぬけだして、カエデ町めがけて歩いて行きます。

町には着いたものの、マリの家がどこなのか、ゆりくまさんにはわかりません。おまわりさんに聞いても、生まれたばかりの子供はまだ届けが出ていないのでわからないと言われてしまいました。途方に暮れたゆりくまさんが泣くと涙が花になって咲き、マリの家への道を示してくれるのです。

家に着いたゆりくまさんは、赤ん坊のマリを守ります。夜、お父さんとお母さんはふたりの部屋で眠るので、マリにつき添うのはゆりくまさんだけでした。

マリをねらったのが、家にかくれ住むネズミたち。夜更け、お父さんとお母さんが眠ったのを見届けて、ネズミたちはマリの部屋にしのびこみます。ゆりくまさんは力一杯戦って、ネズミを追い払おうとしました。でも、たくさんのネズミにたかられてしまったのです。物音とゆりくまさんのさけび声に気づいたお父さんとお母さんがかけつけたとき、マリは無事でしたが、ゆりくまさんはぼろぼろになっていました。

それから四か月後、ゆりくまさんはやっと気がつきます。お母さんはていねいにゆりくまさんをつくろって、マリのバッグにしました。マリと散歩にでかけるとき、ゆりくまさんはおなかにビスケットを九枚入れます。マリとゆりくまさんと、ネズミ退治のために飼われるようになったネコ、三人で食べるビスケットです」

愛も思いやりも冒険もファンタジーも詰めこんだ五十枚ほどの物語は、書き上げて一年ほどで出版されました。優しい色の挿絵がついた本と、娘の門出が重なったのです。三歳になった娘は、幼稚園に入りました。十三人の園児たちに、わたしは『ゆりくまさん』を贈ったのです。

「現実を見つめることから生まれる物語もあるのだ」

また勉強しました。ずっと、夢の中をただようようにして書いていた物語が変わったのです。一九七一年に出された『ゆりくまさん』は二〇〇二年にも再版されています。三十年のあいだに、娘は大人になって結婚もしました。ぬいぐるみを抱いて歩くことはしなくなりましたが、モデルのクマは娘の部屋に置かれています。よれよれになって、体の毛もかたまっていますが、捨てることはできません。

「あなたがいて娘もいたから、わたしは新しいおはなしを書くことができたのよ」

話しかけてなでてやると、ぬいぐるみがにっこりして答えます。

「そうかい、よかったね」

審査委員と講師

「審査員長を引き受けていただきたい」と連絡があったのは一九八二年の夏です。童話集を何冊かと『立原えりかのファンタジーランド』全十六巻などを出版して、わたしは童話作家のはしくれになっていました。

「審査員長は、寄せられた作品を読んで、何編かを選ぶんですよね。そんな、神さまみたいな仕事がわたしにできるでしょうか」

ためらっていると、依頼人が言いました。「できます。童話作品を募集しているところはたくさんあって、審査員とか選者とかよばれる人もたくさんいます。神さまはひとりもいません」

それに、入賞作を決めるのはわたしだけではなく、複数の審査員がいたのです。童話コンクール、＋＋童話賞、と名づけられた賞の審査にあたるのはどれも、複数の審査員でした。『アンデルセンのメルヘン大賞』と名づけられたコンクールでも、わたしが選んだ作品は五人のイラストレーターに渡されます。最終決定するのはイラストレーターでした。

「予備選考をすると考えればいいんですよね。でしたらできると思います」

気が楽になったわたしは引き受けるつもりになっていました。

「下読みしてくれる人をつけましょうか」

依頼人がたずねます。下読みは、応募作品を審査員より先に読んで、いくつかを選んでくれる人、つまり予備選考人でした。

「どれくらいの作品が集まるのでしょうか」

「はっきりとはお答えできませんが、二百から三百ほどと思っています。『アンデルセンのメルヘン大賞』を主催するのはパン屋さんです。入賞作にイラストをつけてメルヘン文庫の形で本にしますが、書店に並ぶことはありません。出版社などの賞とは違います」

「それくらいだったら、下読みの方はいりません。全部わたしが読みます」

きっぱりとわたしは言い、予備選考をすることにしました。ところが一九八三年、第一回目のメルヘン大賞応募作品は二千を超えていたのです。約束が違うとぶつぶつ言いながら、懸命に応募作品と向き合いました。向き合いながら、応募作全編に目を通すのは、良いことだったと気づいたのです。下読みの人が選んだ作品だけだったら、「ちゃんと読んだのかしら。もっとましな作品があったのではないかしら」と、疑ったかもしれないのです。全部を読んでいれば、取りこぼしはないと、自信がもてます。それからは毎年、一月十日の締め切りが過ぎると、入り口にダンボール箱が山と積まれるようになりました。出入りするたびに、作品たちの声が聞こえます。

「読んでください。早く読んで。読め！」

「わかりました」

答えて、一日の最後の三時間ほど、真摯に作品を読むのです。読みながら思うのは、かつてはわたしも、選考される立場だったということでした。真摯に選考してくださった先生方がいたから、今のわたしがいます。

思い違いはもうひとつありました。パン屋のアンデルセンと聞いたとき、わたしが思い浮かべたのは東京、表参道にあるアンデルセンです。週に一度はパンを買いにいく店に、行ける回数が増えるのだとほくほくしていました。でも、依頼人は言ったのです。

「アンデルセンの本社、タカキベーカリーは広島にあります。授賞式は広島で行いますので、スケジュールをよろしく」

三十五回をむかえた二〇一八年の今年まで、四月二日は広島で過ごすことになりました。H・C・アンデルセンの誕生日が授賞式だからです。

選考の基準はいろいろです。ストーリーがしっかりしていること、読後感がさわやかなこと、キャラクターがきちんと書かれていること、などなどです。悲しいできごとや残酷な事件が書かれていても、「ああ、読んでよかった」と感じられる作品は残しました。ストーリーが多少は破綻していても、キャラクターがものすごく魅力的なものも残します。ひと目見ただけで、「ダメ」とわかる作品もありました。二十枚の原稿用紙のうち、最後の一枚がサイズ違いだったり、最後の二行が欄外に書かれていたりするものです。原稿用紙がなくなってしまったので、サイズ違いを使ったり、四十字のためにもう一枚の用紙を使うのはもったいないとけちったりしたのでしょう。幾重にも折りたたんで、きゅうくつな封筒に入れられたあとがわかる作品も良かったためしがありません。作品は作者の魂です。貴くて、かけがえのない魂を粗末に扱う人にも、良い作品は書けません。『生みの苦しみ』の言葉通り、優れた童話をつくるには苦労がつきまといます。けれど、苦労さえ楽しまなければならないのです。作者が楽しんで書いた作品は、選者を楽しませて入選を決め、読者を楽しませることになります。

メルヘン大賞では、盗作を疑ったことがほとんどありません。二十枚、八千字に及ぶ作品を盗作したらすぐにわかってしまいます。前に読んで、心のどこかしらに残っているシーンを書いてしまうことはありがちですが、原型ではなくなっているはずです。それでも、事務局は作者に確認します。

「あなたが創作した作品ですね」「同じ作品を、ほかに応募していませんね」

九十九・九パーセントの作者が、「はい」と答えます。「考えさせてください」と言うのは〇・一パーセントで、シーンやキャラクターを転用していたり、同じ作品を二つか三つのコンクールに応募しているらしいのです。もちろん、そんな作品はボツです。同じ作品がふたつのコンクールで入賞してしまったら、審査員の面目は丸つぶれになってしまうではありませんか。

メルヘン大賞が始まって数年後、広島アンデルセンで『メルヘン講座』が開講されることになりました。今度は講師の依頼です。

「講師にできることは少ないと思います。童話のつくり方はそれぞれで、きまりもありません。人に教えられてできることでもないのです。童話を創作するのは作者だけの作業で、頼りになるのも作者だけですから」

ためらっていましたが、楽しめばいいのだと思いついたのです。集まるのは、童話が好きな人たちにきまっています。つくりあげた作品を楽しんで、話し合うことも楽しもうと思いました。書くときはいつもひとりです。同じ思いを抱いている人たちが集まるのはきっと楽しいとも考えました。

月に一度の広島アンデルセンメルヘン教室は、午前と午後に開かれます。初回の午前に参加してくれたのはNさん、七十歳をとっくに過ぎたおばあちゃまでした。毎回、誰よりも早く部屋に入って、講師のとなりに座っています。

「どんなことをしたいですか」

質問して返ってきたのは、わたしが一番苦手な答えでした。

「可愛くて、きれいなおはなしが書きたいです」

可愛くてきれいなだけでは、おはなしにならないのよ・・・あからさまには言えませんでしたが、時間がたつうちにわかってもらえると信じて、教室を始めました。

Nさんが初めて書いたのは、時計のメルヘンです。貧しくて、食べものにも困っていたある日、腕時計から美しいもやがたちのぼると、可愛い妖精があらわれて、なぐさめてくれる話でした。千二百字ほどのシンプルな作品です。

「シンプルなのはいいけど、あまりにもあっけないわ。全体に『なぜ』をプラスしてください。

主人公はどんな人で、なぜ貧しかったのかしら。腕時計はどんなもの？　自分で買ったのかプレゼントだったのか、大切な人の形見かもしれない。妖精は、どんな姿をしているの？　人間の娘みたいな様子かしら、それとも手のひらに乗るくらいのサイズ？　時計の中に棲んでいるのだから、もっと小さいのかしら。妖精が、人と交流できるのはなぜ？妖精は人間の言葉を話すの？」

わたしの質問を、Nさんはひと言もらさずメモして、次の教室までに改作してきます。

「おなかがすいて泣くのは、みじめなことよね。みじめをもっと強調できないかしら。みじめさがあってこそ、妖精の愛らしさもなぐさめも生きてくるはず」

この忠告は受け入れてくれませんでした。空腹で泣く子供を抱きながら、やはり飢えている母親が見るのは、破けた天井からさしこむ月光の美しさだったのです。可愛らしくて美しい童話に、みじめさを強調することを、Nさんは拒んだのです。ほかほかの肉まんや影絵のキツネなど、Nさんが書くおはなしはいつも可愛くて美しく、結末はおだやかであたたかでした。

やがて、教室の仲間はNさんが満州で長い年月を過ごしたことを知りました。童話に書かれた夕日の大きさや冬の厳しい寒さ、煙突掃除の子供などが、大陸を思わせたのです。「医者だった父は、家族を連れて満州の奉天に移住したの。わたしが五歳のときだった」結婚したのも子供を生んだのも大陸で、生まれ故郷の広島に引き上げてきたのは一九四六年でした。

「中国やロシアの人と友だちになって、おくにの料理を教わったりパーティーをしたり、楽しいことがたくさんあった。でも、引き上げのときは大変。幼い息子をおんぶして、ロシア兵から逃げたのよ、死ぬかと思った。ほんとにいろいろあったから、いつかは書いておきたいと考えているの。本にして残せたら最高でしょうね」

Nさんの話を聞いて、教室のメンバーが声をあげました。

「すぐに書きましょうよ。Nさんが味わった人生をありのままに書くの。童話もいいけど、現実はもっと数奇で貴重なんだから」

すぐに、と言ったメンバーの心のすみに、心配がありました。Nさんは八十五歳になろうとしていたのです。目がかすむほかは元気で、頭もしっかりしていました。けれど、おはなしはときどき前後してしまうことがあったのです。記憶がぐちゃぐちゃにならないうちに、Nさんの人生をまとめておきたい・・・メンバーが『プロジェクトN』をたちあげたのは二〇〇五年十月でした。『プロジェクトN』の仕事は、Nさんの話を聞いてまとめることです。ぽかりぽかりと浮かびあがってくるNさんの記憶を記録して、必要な事実を書きこみ、年代順に整理することも必要でした。プロジェクトの主要メンバーは西村すぐり、中井由美、谷中昭予の三人で、その他の教室メンバーがサポートにつきました。月に二度、中井さんの家に集まって、メンバーは作業を始めたのです。Nさんを質問攻めしたり年表と首っぴきで満州の歴史とNさんのできごとをたしかめたり、時間はあっというまに過ぎていきました。わたしは、愛育社に飛んで行きました。神保町に近いところにある愛育社とは、長く親しいおつきあいがあって、何冊もの著書を出版していただいています。

「いいですよ、引き受けましょう」

Nさんのことやプロジェクトのことを話し、出版をお願いすると、社長の伊東英夫氏はたちまち答えてくれました。寝耳に水のできごとです。断られてあたりまえと思っていたからです。

広島アンデルセンのメルヘン教室で、Nさんは有名人です。でも、教室が終わってしまえばどこにでもいる元気なおばあちゃまでしかありません。有名人どころか、無名人でしかないNさんの本を出版したところで、売れるはずがないのです。伊東氏がどんな思いで引き受けてくれたのか、聞いたことがありませんが、赤字は覚悟の上だったはずです。

「来年のメルヘン大賞授賞式に出版しましょう。お仲間もたくさん集まるでしょうし、出版のお祝いもできるじゃありませんか」

伊東氏が言い、形になる前から、出版記念会の日時が決まってしまいました。二〇〇七年四月二日午後六時です。あたふたしたのは、Nプロジェクトのメンバーとわたしでした。原稿はまだ仕上がっていなかったのです。

「急いですすめて」

プロジェクトに電話したのは十二月初め、原稿を仕上げる時間は一か月しかありません。原稿が本になるまで、普通は半年ほどかかります。ワープロやパソコン、手書きで書かれた原稿はまずゲラ刷りになって著者に戻されます。文字の間違いを正したり、気に入らない表現を訂正して、著者はゲラ刷りを出版社に返します。校正とよばれるこの仕事は、多ければ三回繰り返されて、原稿が印刷されることになるのです。校了↓印刷↓製本の過程を経て、書店に並びます。文字だけの本なら半年ですが、カラーの挿絵がつくと一年がかりになってしまいます。Nさんの本は、文字だけの予定でした。最短時間で製作するためです。ところが、伊東氏から提案がありました。「大陸の風景や当時の服装などがわかるように、イラストを添えてみては?」

願ってもないことでしたが、時間がかかります。「あせるのはやめよう。四月二日にできなければ、五月でも六月でもいい。できるだけ素敵な本をつくればいいのだ」と、わたしは腹をくくっていました。三日でイラストを仕上げたのはプロジェクトのメンバーで絵が得意な谷中昭予です。

Nさんの原稿を伊東氏に渡すのは二〇〇七年の年明けになりそうでした。三か月足らずでできるのだろうか・・・不安でしたが、すすんでいくほかありません。

電話して一週間後、プロジェクトの西村すぐりからNさんの原稿が届きました。大陸で過ごした日々の記録とともに、教室で書いた童話が六編載っていました。『ありがとう』が、時計をモチーフにした童話だったのです。

戦争が終わって、広島に引き揚げてきた若い夫婦は貧しさに耐えていました。あばら家に住んで、空腹をこらえていたのです。耐えかねて泣くのは幼い息子でした。慣れない仕事をして、やっとためたお金を、妻は夫に託します。お米を買って、三人でおなかいっぱい食べようと、妻は考えていました。ところが、夜になって戻った夫は小さくて軽いものを差し出したのです。お米の替わりに、腕時計を買ってしまったのでした。結婚記念日だったからです。あてがはずれた妻は怒り狂いました。時計なんかいらない、わたしに必要なのは息子に食べさせるお米だったのよ……口もきかずに数日が過ぎました。やがて食料難は解決され、夫妻にも平安な日常が戻ります。妻が腕時計をつけるようになって七年後、夫は亡くなりました。腕時計を見つめて、妻は後悔します。ありがとうを言うことはもうできない。

可愛らしさはほとんど影をひそめて、おおらかな優しさをたたえた童話になっていました。二十年のあいだに、Nさんは地面に足をつけた書き方を身につけたのです。

記録の方は、完成には程遠い原稿でした。Nさんを知っている人たちにはわかっても、見ず知らずの読者には全然わからないところが多すぎたのです。「ここはもっと書きこんで」「ここは思い切って削る」など、メモ書きしたピンクの付箋をつけて、わたしは西村さんに原稿を送りました。広島と神奈川を何回も往復するうちに、山ほどだった付箋が減っていったのです。

「これでいい。わたしたち全員が、精一杯の仕事をした」

つぶやきながら、愛育社に原稿を運びました。谷中昭予のイラストも届いています。あとは伊東氏に任せるほかありません。

「無理はしないでください。出版記念会を先のばしすればすむことですから」

伊東氏に言いました。

どのようにすすめたのかはわかりませんが、Nさんの著書『魔法の窓』は四月二日の朝、プロジェクトのメンバーに渡ったのです。午前中にメルヘン大賞授賞式をすませ、ランチもアンデルセンでとったわたしは、プロジェクトのメンバーたちと出版記念会の用意にとりかかりました。『魔法の窓』や谷中昭予のイラストを飾り、会の進行についての打ち合わせもしました。

午後五時、一番に会場入りしたのはNさんです。つづいて、家族や親類、お友だちがかけつけました。プロジェクトNは拍手してお客さまを迎えます。伊東氏夫妻も朝一番のフライトで広島入りしてくれました。

Nさんは八十六歳になっていました。この年齢で処女出版した人がほかにいるのかどうか、わたしにはわかりません。集まった人たち全員がNさんを祝い、なごやかでにぎやかなひとときが過ぎたのです。

その夜、ホテルに戻ったわたしは、冷蔵庫からビールを取り出しました。わたし自身に乾杯するためです。「よくやったね」と、心の中で言っていました。右も左もわからずに、手探りで童話を書き始めたわたしが、Nさんの願いを適えてあげるほどに成長していたのです。

旅と取材

初めてデンマークを訪れたのは二十代の終わりです。それからは夏休みのたびにスカンジナビア航空機に乗るようになっていました。目的があっての旅ではありません。H・C・アンデルセンの国に身をおいて、大作家が歩いたかもしれない道を歩いていると力がわいてきたのです。記念館には、数々の品が展示されていました。アンデルセンの切り絵を印刷した絵葉書は手頃なみやげもので、並ばなければ買えないほどです。レジを待つわたしの後ろに、小学生がむらがっていました。隣国ドイツから、修学旅行にきたのです。

「アンデルセンは、首吊りの刑にされる人を見たのかなあ」

「見たと思う。首吊りだけじゃなくて、首切りも見たって、先生が言ってたじゃないか」

絵葉書を手に、小学生たちがお喋りしていました。切り絵には、木の枝にぶらさげられたふたりがいます。ハートがあしらわれてはいるものの、童話にはふさわしくない絵柄でした。アンデルセンが処刑をまのあたりにしたのは一八二五年のことです。愛人の子供をみごもった十七歳の女性と、彼女の夫殺しに手を貸した愛人と召し使いが首斬りの刑を受けたのです。若いアンデルセンは、処刑を見届けることができませんでした。あまりのショックに立っていることもできなくなってしまったのです。残酷な光景は胸のうちに深く残って、切り絵に再現されたのでした。

記念館に展示された品の多さにびっくりしました。恋人だったと伝えられるスエーデンの歌姫イエニイ・リンドのピアスまであったのです。高価には見えないピアスでしたが、なぜアンデルセンが持っていたのだろうかと、考えずにはいられませんでした。アクセサリーの中で、つけるのが面倒なのがピアスです。いったんつけたら、家に帰り着くまではずすことはしません。リンドはなぜピアスをはずしたのだろうか、何かの記念にとのぞまれて、アンデルセンに贈ったのだろうか・・・いまだに考えています。

夏がくるたびに繰り返していたデンマークへの旅を、二年間中止したのは娘のためでした。まだ歩けない娘を連れて長い時間を飛行機の中で過ごすことも、外国の町を歩くことも不安だったのです。「歩けるようになったら再開しよう」と思ったのですが、できませんでした。コペンハーゲンまで十三時間のフライトは、幼い子供には長すぎたのです。

「近場なら大丈夫」と、グアム島へ行くことになりました。時期を夏にしたのは軽装ですむためで、国外にしたのは国内より空いていて安上がりだったためです。羽田から三時間で着いてしまうグアムは手軽なリゾートでした。初めて見たエメラルドグリーンの海を、忘れることができません。パイロットだった叔父が、話してくれた通りの美しさだったのです。泳いだり散歩したり貝拾いをしたり、家事も仕事も忘れて、二週間ほどを過ごしました。

「サイパンはもっときれいだよ。ナマコがいないしね」

教えてくれたのは同じホテルに泊まっていたアメリカ人です。四十年ほど前のことで、サイパン島へ行くにはグアムで飛行機を乗り換えなければなりませんでした。面倒でもサイパンに行こうと決心した理由にはナマコがありました。グアムの浅瀬には、ナマコがぎっしりと敷き詰められていて、踏まずに歩くことはできません。娘は面白がってナマコを踏み、びゅっと飛びだしてくるナマコ液を浴びても笑っていました。でも、わたしには無理だったのです。ビーチサンダルを履いていても、ぐにゃりとしたナマコの感触は伝わってくるし、無害とわかっていてもナマコ液を浴びるのは気持ちの悪いことでした。

行き先を変更して訪れたサイパンのとりこになりました。薄緑の海にも、かがやくばかりに白い砂浜にも、ヤシの新芽でつくるサイパンサラダにも魅了されてしまったのです。何年か通ううちに、物語の種が生まれました。もとになったのはサイパンの歴史です。一九七八年に、北マリアナ諸島としてアメリカの自治領になったサイパンは、いくつもの国に支配されてきました。太平洋戦争までは日本が、それ以前はドイツとスペインが、サイパンを我がものにしていたのです。島には、切ない名をつけられた場所がありました。戦争の終わり近く、数え切れないほどの日本人が海に身を投げたバンザイクリフ、切腹して果てたというハラキリミサキがそれです。

「他国に支配されながらも、島人らしく生きた女性を書いてみよう」

思いついて、『でかでか人とちびちび人』のようにメモをつくりました。主人公は島で生まれたチャモロの女の子、幼いころはドイツ語とスペイン語を教えこまれ、年頃になると日本語を叩きこまれて日本人と結婚した。敗戦を知った夫は彼女と手をつないで絶壁から身を投げた。夫は海に呑まれたが、彼女は生き残ってしまう。平和が戻った島で、小学校の先生になった彼女は子供たちにチャモロ語を教えながら、政治家への道をすすんでいく。二度と他国に支配されないサイパンをつくるために・・・

メモは完成して、物語にかかりました。けれど、女の子が生まれるシーンからつまづいてしまったのです。一九二〇年生まれに設定したのですが、そのころの様子がまるでわかりません。資料がなかったのです。どんな家に住んでいたのか、食べものは？　着ていたものは？　出産は家でだったのか病院でだったのか、それとももっと古風で、出産するための小屋だったのか、祈祷師がついていたのかなど、空想してもわかりません。ドイツ語を勉強するシーンにしても、学校があったのかどうか、あったとしてどんな建物だったのか、先生はドイツ人だったのか、チャモロ

人だったとしたら、その人はどうやってドイツ語を学んだのか、入門書などなかった時代なのだ・・・

「書けない」

一二〇〇字も書かないで、挫折しました。けれど、あきらめることはできません。どうしても、美しい島を書きつくしたかったのです。形式を変えてしまえばいいんだ・・・決断は素早くて、わたしはメモした物語をファンタジーに仕立てることに決めました。主人公の女の子を日本人にして、不思議な力を与えたのです。メモをつくったのが閏年の二月だったので、女の子の誕生日は二月二九日、名前はきさらぎのさらです。サイパンは花と蜜の島と名づけました。花と蜜の島にいるのは若者、島は不当な何者かに支配されていて、彼は二月二九日生まれの女の子を探しています。その子は島を救う力をもっているからでした。

そこまで思いつくと、物語もシーンもすらすらとつながっていきました。さらと若者の出会いはいつ？　二月二九日。その日だけ、さらは花と蜜の島に飛んでいくことができるの。島を支配しているのは何者？　初めは赤い髪族で次は黒い髪族、泥の仮面もいたわ。さらはどうやって、不当な支配者をやっつけるの？　島に伝えられる月と星の首飾りを見つければいいのよ。だけど首飾りはなかなか見つからないの。花の精や背中に羽をもつ若者たちがさらを助けて、支配者たちとたたかうの。

『月と星の首飾り』が刊行されたのは一九八二年です。花と蜜の島がサイパンだと気づく人はいなかったし、赤い髪族がドイツ人とスペイン人で、黒い髪族が日本人だと思う読者もいませんでした。わたしはたっぷりと楽しんで、思う存分にサイパンを書いたのです。青い空のかなたでゆれているヤシの葉、いきなりやってくるスコール、咲き乱れているハイビスカスやブーゲンビリア、白くかがやいている砂浜もぶんぶんと羽音をたてて空中に浮かんでいるハチドリも登場しました。

そのサイパンで出会ったのがタイ人夫妻でした。ふたりはわたしがいつも泊まっていたホテルで働いていたのです。夫のベンジャはレストランで、奥さんのアチャラはバーで、ウエイターとウエイトレスをしていました。外国についての情報がまだまだ少ないころで、夫妻はサイパンがハワイみたいなところだと思って契約してしまったのです。

「ハワイみたいなところだと思いこんで来てしまったんだよ。ところが、何もなかった。映画館がひとつとスーパーマーケットがひとつだけ。バンコクの方が何倍もにぎやかでよかったと後悔してもあとの祭り。ぼくたちの契約は五年なんだ」

苦笑しながらベンジャが話し、滞在するたびにわたしは夫妻と仲良くなっていきました。契約が終了した年の三月、夫妻は日本にやってきました。雪とサクラが見たいと言うのです。一か月ほど、わたしの家で過ごしたあいだに、ふたりの望みが適いました。

「夏休みにはタイに来てほしい」

送って行った空港で、ベンジャが言いました。娘が小学生になって、夏休みにはデンマークへの旅を復活させていたわたしには考えてもみなかった言葉です。タイがどこにあるのかもわからないし、首都の名も知りませんでした。行く気はまるでなかったのに、バンコクに戻ったベンジャから、三日に一度は電話がかかってきたのです。

「夏休みはいつから？　いつならバンコクに来られるの？　ホテルはサイアムインターコンチネンタルを予約するよ。バンコクの中心にあって、見物にも買いものにも便利だ。五つ星でサービスは最高だけど、宿泊代は五割引き。ぼくもアチャラも、サイアムで働いているからね」

「チケットもこちらでとって、国際書留で送る。タイ航空なら通常の半額でとれるんだよ、タイ人だからね」

「滞在はどれくらい？　あなたに合わせて、ぼくとアチャラも休暇をとる。バンコクを案内して、ビーチリゾートへも連れて行きたいんだ。車の運転ならまかせといて」

タイ人には、思いこんだらいのちがけの気質があることがわかりました。

「バンコクからコペンハーゲンへ飛べばいいんだ」

そう思ってタイ行きを決め、タイ航空機に乗ってバンコクに着いたのです。

冷房が効いている空港から出たとたん、度肝をぬかれました。まとわりついてくる熱風みたいな空気、肌につきささる暑い陽の光り、聞いたこともないタイの言葉が、襲いかかってきたのです。バンコク市内に入ると、極彩色の屋根が目に飛びこんできました。寺院の屋根と聞かされてびっくりです。日本で見ていた寺院とはまるで違いました。落ち着いた色とたたずまいで、しんとしていたのが寺院です。薄暗いお堂にたたずむ仏像はおごそかで美しく、近寄ることはできませんでした。ところがタイの寺院では、仏像の間近まで近づけるし、触れることもできたのです。祈りをこめた金箔を、仏像の体に貼りつけることもできました。仏像の前で合掌しながら、わたしは仏教徒だったと実感したのです。生まれて初めてのお参りは神社で結婚式はキリスト教会、お葬式は寺院でという日本人がたくさんいます。宗教については曖昧なところが多く、わたしも仏教徒の自覚はありませんでした。タイに来て、いくつもの寺院で仏像に合掌していると、心が落ち着いたのです。デンマークの教会では味わったことがなかった感覚でした。

思ってもいなかったのに、大好きになってしまったのがタイ料理です。欧米人が多いホテルで、レストランのメニューにはローストビーフやサンドイッチ、パスタやハンバーグステーキなどが幅をきかせていました。タイ料理はわずかで、汁そば、春雨サラダ、ピラフ、トム・ヤム・グン、トート・マン・プラーだけです。

「おすすめはトム・ヤム・グン、有名なスープなの。ご飯にかけて食べるとおいしい。トート・マン・プラーも名物よ」

アチャラに教えられて二品を注文しました。トム・ヤム・グンは今でこそ知られているエビとフクロダケのスープです。酸っぱくて辛くてスパイシーで、抜群のおいしさでした。米が主食のタイですから、スープもご飯にかけていただきます。食欲のないときでも食べられてしまうひと品でした。

トート・マン・プラーは、日本のサツマアゲにそっくりで、薄切りのキュウリと砕いたピーナッツを入れたたれでいただきます。揚げたてのあつあつが美味でした。

「なんて贅沢なんだろう」と目をむいたのは朝ご飯です。デンマークで、朝のフードテーブルにあったのはパンとバターとチーズでした。とぼしい食品をおぎなうように、飾られていたのは野の花とバラの花の形に丸めたナフキンです。トーストしてバターをぬったパンとコーヒー、二、三種類のチーズが朝ご飯でした。ところがタイでは、思いつくかぎりの料理が朝のフードテーブルにひしめいていたのです。お粥、ピラフ、焼きそば、汁そば、何種類ものカレー、卵料理、ソーセージ、ハム、ベーコン、チーズ、パスタ、生野菜、蒸したり炒めたりした野菜、スイカ、パパイヤ、ヨーグルト、ジュース、コーヒー、紅茶、デニッシュペストリーなど、食べ放題でした。パンやデニッシュペストリーは今ひとつですが、ご飯や麺類の味わいは最高でした。

タイの旅で、思いついたのは観音様が登場する童話です。行く先々で見たおだやかな観音像がモデルになりました。ニューハーフを登場させたこともあります。深紅のタイトスカートにハイヒール、肩までのびたつややかな髪に黒いマニキュアをした『女性』が、入ったのは男性用のトイレでした。首をかしげているわたしに、『女性』は片目をつぶってみせたのです。劇場ではニューハーフばかりのショーも夜ごとに上演されていました。男の子に生まれたのに、貧乏で小柄で、背中に障害をもつ由三に、わたしはニューハーフを投影したのです。旅行先のタイで、由三は王女の生まれ変わりだと信じられ、日本に帰ろうとしない。歌うことを学んだ彼は、女装してステージにたつようになる・・・短編『王女の草冠』のおおまかなストーリーです。きらびやかな寺院は、物語のステージになりました。

「取材旅行をしなければ」と考えたのは『一度でいいから・・・ハワイ』を書こうと思いついたときです。二〇〇三年のことでした。二十年ほど前から、フラのレッスンを受けています。何時間でも座りつづけて、書きつづけるのは平気ですが、体を動かすことは苦手でした。「そんな生活をしていたら、足腰が弱ってしまうわよ」と忠告してくれたのはスポーツ好きな友人です。

足腰が弱ったら歩けなくなる、が効きました。どこへ行っても、歩きまわるのが趣味だからです。「とにかく動かなければ」と思っていたとき、目についたのがフラ教室でした。稽古場は家から歩いて五分のところです。フラには親しみを感じていました。夏がくるたびに催されるホテルのフラパーティに行っていたのです。のびやかな音楽と歌が好きでしたが、ダンサーを見ても踊りたいとは思いませんでした。衣装が腰みのとココナッツブラだったことも、踊りたくない理由になったのです。腰みのはバナナの葉や草の茎でつくられていて、足の付け根まで丸見えになってしまいます。ココナッツの殻でつくったブラは堅くて、つけたら痛いだろうなと思いました。ブラだけだから、上半身はほとんど裸です。でも、教室に入ると、不安は消えました。レッスンでつけるのは半袖のTシャツとギャザーがたっぷりのスカートだったのです。靴から解放されて、裸足で床を踏むのも健康的でした。何年かレッスンをつづけているうちに、教室の先輩と先生が登場する物語を書きたいと思いつきました。先輩の四人はおおらかで、個性的でした。先生は優しく、きびしく指導してくれます。「そんなステップはとてもできない」と音を上げるたびに、「やっているうちに、かならずできるようになる」とさとされました。

「登場させるのは、わたしもふくめて五人のフラ仲間。みんな六十歳を超えた女だ。夢みているのは仲間のひとりで、マジメのニックネームで呼ばれている。ハワイで踊ることがマジメの夢なのだ。ただ踊るのではなく、数々のコンペティションを勝ちぬいてハワイに行きたい、つきあって・・・言われた仲間たちはびっくりするが、マジメの夢につきあう決心をする。五人のために、先生が見つけたのは世界規模のチェーンホテルが主催するコンペだった。日本でのコンペに優勝すればハワイのホテルで踊ることができる」

そのあたりまで物語をつくって、立ちどまってしまいました。五人は優勝して、ハワイに行くのです。ところがわたしは、たったの一度しか、ハワイに行ったことがありません。ツアーに参加しての旅でしたから、連れて行かれるのは有名な観光地とショッピングセンターばかりです。歩いていると、「ブランドのバッグ、三割引きですよ」「おまけにハワイの香水をおつけします」と、日本語で呼びこまれるのです。ホノルルもワイキキも、好きにはなれませんでした。

「オアフ島はやめておこう。ビッグアイランドのハワイ島も気がすすまないし」

マウイ島のハナを、五人が行く場所に選びました。リンドバーグがこよなく愛した場所で、お墓もハナにあると聞いていたからです。『翼よ、あれがパリの灯だ』を愛読していたし、幼い息子が誘拐されて殺された悲劇の人のお墓参りをしたいと思いました。

知り合いの旅行社に相談して、スケジュールを決めました。ホノルルからカフルイ空港に飛んで、ハナに行きます。ホテル、ハナ・マウイに五泊して取材することになりました。もっと長い旅をしたかったのですが、経費がかかりすぎます。ハワイは何でもが高く、ハナ・マウイは最も安い部屋で一泊四万円でした。食費も、ガイドとドライバーも必要です。

「やめた方がいいんじゃないかな、ガイドブックを見るだけで書くこともできる」

何回となく考えました。どうしても行ってみたいとのぞんだデンマークでもなく、どうしても来てほしいとのぞまれたタイでもありません。リンドバーグのお墓参りはしたいけれど、しなくてもいいことだしと、ためらっていました。重い腰をあげたのは、わたしの物語のためです。ガイドブックだけでは、花の香りも風の音もわかりません。人びとの声も聞こえてこないし、笑い顔も見えないのです。

カフルイ空港に着いたのは五月末でした。夏休みでもなく連休でもない空港は静かで、人もまばらです。出迎えてくれたのは屈強なドライバーと笑顔が優しいガイドでした。

「ハナまで八十三キロ、三時間以上かかります」

ガイドが言い、なぜ三時間もかかるのだろうかと、わたしは思いました。時速四十キロで運転したとしても、二時間あれば着くはずです。

「パイアの町を経由してハナに向かいます。パイアを過ぎたら店はありません。飲み物が必要なら買って、トイレもパイアですませてください」

言われた通り、大きくもない町パイアでミネラルウォーターとサンドイッチを仕入れました。町を過ぎてしばらく走ると、三時間以上かかる理由がわかってきたのです。道は悪く、橋は車一台通るのがやっとの幅でした。『狭くて曲がりくねった道』という標識まであったのです。街灯はひとつもないので、暗くなったら走ることはできません。のしかかってきたのは大自然でした。うっそうと葉をしげらせた森、流れ落ちる滝、かぐわしい香りをたたえたジンジャーの花、そして六百はあるというカーブや路肩が崩れ落ちた道・・・ドライバーは何回も休憩して、危険な運転にそなえました。

ようやくたどりついたホテルの入り口は質素で、これが有名なハナ・マウイなのかと思ってしまいましたが、スタッフの笑顔もサービスも最高でした。

四日間、ガイドとドライバーに付き添われてハナを歩きました。リンドバーグのお墓にも行って、取材は終了したのです。虹にも雨にも、サトウキビ畑にも会いました。日本に戻って物語を書き始めると、取材してよかったと心から思ったものです。サトウキビも虹も、安心して書くことができました。実物を見て知っているから、自信満々で表現することができたのです。楽しんで、自信ももって書きあげた『一度でいいから・・・ハワイ』は翌年の八月に出版されました。

童話が何の役にたつの？

二〇一一年三月十一日、わたしは部屋で仕事をしていました。ごおーっという音がひびいたのは午後二時過ぎです。何だろうと、腰を浮かしたとたん、大揺れが襲ってきました。「地震だ」とわかったものの、どうすることもできません。立っていることすらできないのです。十階建てのマンション全体がきこきこぱたぱたと鳴って、揺れがつづきました。

「暖かいものを着なければ。貴重品を身につけなければ」

なぜかそう思って、厚いダウンコートを着込み、財布やカードを入れたバッグを斜めがけしました。阪神淡路大震災を経験した友人が、立っていられなかったと言ったのはほんとうなんだと思いながら、ドアを半開きにした入り口の床に座りこんだのです。

「どうしたらいいんでしょう。表に逃げた方がいいのか、それともここにいた方がいいのか」

同じスタイルで入り口にあらわれたお向かいの女性と話しながらじっとしていました。五分たったのか十分たったのかわかりません。揺れが少し落ち着いたので、TVのスイッチをオンにしました。停電していなかったのか、それとも停電していて、マンションが自家発電に切り替えたのかもわかりません。TV画面があらわれて、わたしはショックのあまりにまた座りこみました。

「日本の半分がなくなってしまった」

たまらないほどの喪失感でした。流されていく屋根や沈んでいく物、見たくなくても、目をそらすことができなかったのです。被害の状況は刻々と映しだされ、ニュースキャスターはヘルメットをかぶっていました。コーヒーをいれようとすると、ガスがつきません。復活させるために、はずれていたガス栓をもとに戻さなければなりませんでした。初めての経験です。

「ごめんなさい、許してください」

あたたかいコーヒーを飲むたびに、お風呂に入るたびに、被災地の人たちにあやまりました。北国の三月は、身を切るほどに寒いのに、お風呂どころか、あたたかい食事をとることもできないのです。あたりまえの日常が失われるのは、こんなに辛いことだったのだと、思わずにいられません。窓から見えた小田急電鉄の電車も走っていませんでした。何分おきかに聞こえてくる音と、素早く走っていく明かりが消えてしまったのです。

夕方になって、電話が鳴りつづけました。親族や友人からの生存確認です。東京周辺にいる人たちに変わりはなく、仙台と福島の友人には連絡がとれませんでした。

後日、ふたりに会うことができました。無事だったのですが、仙台の友人の家は住処を無くした親族でいっぱいになっていると聞きました。福島の友人は、故郷を捨てて上京する決意をかためていたのです。放射能被害を受けた故郷では、老いた両親が息子に言いました。

「もう家には戻るな」

一週間後の三月十八日、池袋の童話教室がありました。

「とにかく、開講してみます。生徒さんたちも全員集まる予定です」

係りからの連絡で、いつもは一時間のところを二時間かけて出向きました。教室は別館にあるので、デパートを通りぬけて行きます。きらきらぴかぴかしている売り場は楽しくて、お客も店員も笑っていました。ずらりと並んだアクセサリーや帽子、色とりどりのマフラーを見ながら歩くのは、わたしにとってとても楽しみだったのです。けれどその日、売り場はがらんとして、お客はひとりもいませんでした。照明も薄暗くなって、閉店時間は二時間早められていました。

仲間は集まりましたが、いつものように童話作品を読む人も読んだ童話について語る人もいません。無事でよかったと話すだけで、笑い顔もありませんでした。

「こんなときに、童話が何の役にたつんだろう」

仲間のひとりが言いました。みんなが、被災地とそこで苦労している人のことを考えていたのです。被災地で必要なのは何よりも人の力でした。行方不明になっている人を探し、壊れた建物を片付けなければならないのです。困っている人のところへ駆けつけることもしないで、童話の話をしているなんて愚かだと、誰もがうなだれていました。

「こんなときに、童話は何の役にもたたないと思う。書く力もわいてこないわ」

わたしは答え、二時間のレクチャーを一時間で切り上げて、みんなが家路をたどりました。五時半に終了すると、お茶に行ったり食事をしたり、お酒を飲んだりのお楽しみがつづいたのですが、そんな気にもなりません。

「二週間後の教室で、また会いましょう。みんな、しっかりと生きていてね」

言い合って別れました。部屋に戻ると、広島アンデルセンから電話がありました。メルヘン大賞祝賀会を自粛すると言うのです。メルヘン大賞だけではなく、お祝いごとや宴会は全て自粛されました。うららかに咲いたサクラの下にも、人はいなかったのです。メルヘン大賞も四月二日のお祝いは秋にもちこされて、お客さまはなし、受賞者とイラストレーターだけのささやかなものになりました。少しずつ、少しずつ、いろんなものが回復していきました。電車は定刻通りに走るようになり、デパートの照明が明るくなって、閉店時間ももとに戻ったのです。節電のために外された電車の蛍光灯ばかりが目立ちました。近づいた夏のために、新しいTシャツを買う元気が、わたしにも戻ったのです。童話も書き始めました。けれど、喪失感が消えることはなかったのです。月に一度くらいは、果てしなく深い、暗い淵をのぞきこむような気分になってしまいます。揺れへの恐怖もつづいていました。お風呂につかる時間は短くなり、シャンプーは大急ぎですませます。無防備でいることが怖くて、早く服を身につけたいのでした。

「童話が何の役にたつの？」

書きあげた作品を前に、わたしはつぶやきました。いつものように、ありったけの思いをこめて、わたしは書きました。ストーリーにも登場人物にも結末にも満足しています。読んでくれる人が楽しんでくれるに違いないという自信もありました。でも、「この童話は、何の役にもたたないのではないか」とつぶやかずにはいられません。ＴＶは被災地の様子や死者の数を伝えつづけていました。

二年たっても、わたしの心は晴れやかにはなりませんでした。童話を書いていても、ふと考えてしまうのです。

「わたしの童話が、何の役にたつの？」

被災地の人たちのために書いていたのではありません。わたしは以前のように、どこのだれともわからない人のために、自分のために書いていました。だれかひとりでも読んで、よかったと思ってくれたら幸せと思う気持ちも変わってはいません。「何の役にもたたないのではないか」とふさぎこむわたしは、以前のわたしとは違っていました。心の病気にかかったのではないかと思うほど、気分が沈んでしまうのです。

「精神科に行った方がいいのかしら」

親しい友人に相談しました。すると彼女も、同じ悩みをかかえていると言うのです。

「つくりながら、わたしの作品が何の役にたつのだろうかと落ち込んでいるわ。二年たったのだから、でかけてもいいかなと思って、パリ行きの便を予約したんだけど、キャンセルしてしまった。外国に行く、浮き浮きした気分になれないの」

友人は、ドールズハウスの製作と研究をしていました。自宅にはヨーロッパでもとめたドールズハウスが飾ってあり、週に一度の教室も開いていたのです。ドールズハウスは、日本語にすれば人形の家、何もかもが実物の十二分の一サイズでつくられています。一フィート（約三十センチ）を一インチ（約二・五センチ）に縮小するのです。家はもちろんのこと、家具も食器も衣類も、みごとに縮小されたドールズハウスに、わたしはびっくりしました。小さなセーターは手で編まれ、小さな靴にはひもを通す穴もつくられていたのです。横十五ミリ、縦二十五ミリの聖書には実物と同じ言葉が印刷してありました。虫メガネを使えば、文字を読むこともできたのです。二〇一一年の始まりとともに、友人は新しいドールズハウスをつくりはじめていました。昭和三十年代の日本家屋を再現させるのです。

「ちょっぴりモダンな家にするの。畳みを敷いた居間には掘り炬燵と押し入れがあって、客間にはソファとテーブル、テーブルの上には茶器がおいてある。洋風ではなくて和風の茶飲み茶碗と急須、お菓子は大福」

茶飲み茶碗は、彼女の家にある窯で焼かれました。土をこねて茶碗の形にして釉薬をかけて焼いてと、工程のすべてが手仕事です。「こんなに細かい仕事が、よくできるわね」感心すると、彼女は何種類ものメガネを見せてくれました。メガネのおかげで茶碗に絵が描けるし、大福についている粉も再現できると、彼女は笑います。

「それにわたしは、この仕事が大好き」

「わたしも、童話を書くことが大好きだわ。だからつづけているのよね」

「ドールズハウスをつくらなくなったら、死んだのと同じこと」

「同感だわ。だけど、何の役にたつのかと考えて、何の役にもたたないと落ち込む」

「時間が過ぎるのを待つしかないのかもしれない」

「どんなに時間が過ぎても、三月十一日以前のわたしには戻れないけど」

「現実を受け入れましょう。ありのままの自分でいるしかない。そして、あくまでも自分ひとりでなんとかしなければならないの。人の力はあてにならないと、寂しいけどわかってしまっている」

夜更けの電話で、ふたりは慰めあい、力づけあったのでした。夫や子供たちにかこまれていたら、悩みは消えるのだろうかとも考えました。家事の忙しさにまぎれて、悩んでいる暇もないだろうと思ったのです。

「それは、忘れているだけのこと。消えたのとは違うわ」

思いつづけているうちに四月になりました。アンデルセンのメルヘン大賞三十回目の受賞者が決まったのです。今年で五回目を迎えた子供部門の大賞は『シンボルの木』でした。

「一年に十メートルも成長する大きな木は、シンボルの木とよばれて村人に愛されていました。春には色とりどりの花を咲かせ、夏には虫や鳥が集まります。秋になればたくさんの実をつけ、冬はクリスマスツリーになりました。隣りにいる小さな木は、シンボルの木にあこがれていました。いつかシンボルの木のように大きくなって、みんなに愛されたいと思ったのです。

ところが嵐がきて、雷に打たれたシンボルの木は真っ二つに折れてしまいました。小さな木には、ふしぎな粉が降りそそぎます。村人たちは、シンボルの木を失って悲しみましたが、小さな木は美しい花を咲かせました。新しいシンボルの木が生まれたのです。折れたシンボルの木は、隣りの村をつなぐ橋になりました」

九歳の男の子、Kくんが書いたストーリーです。一読して、わたしは大賞に決めましたが、イラストレーターの意見も聞かなければなりません。これまでに何回も、わたしが大賞と決めた作品がイラストレーターの目にはとまらなかったのです。嬉しいことに、今回はイラストレーターも『シンボルの木』を選んでくれました。「やった！」と拍手して、授賞式を待ったのです。Kくんの住所は岩手県でした。

「会えたら、陸前高田の一本松のことをたずねてみよう」

地震にも津波にも耐えて、たったの一本だけ残った松が、Kくんの作品に書かれたのではないかと、わたしは思ったのです。でも、会うことはできませんでした。小学校四年生の子供に、岩手から広島までのひとり旅はできない、付き添って行ける人もいないが、欠席の理由です。大賞受賞者には、東京〜コペンハーゲンの往復ペアチケットも授与されますが、Kくんが北欧に旅立つのかどうかもわかりません。でも、Kくんのプロフィールには、わたしが知りたかった答えがありました。「二〇一一年三月十一日の東日本大震災で、岩手県陸前高田の一本の松の木が残ったニュースが心に残っていました。それをもとに木のお話を考えました。シンボルの木は、あらゆる木の善いところをもっていて、みんなから愛されています。最後には姿が変わっても、人びとの役にたつのです。木のすばらしさ、大切さをみんなに伝えたくてこのお話を書きました」

深いため息をついたあとで、わたしはKくんに「ありがとう」を言いました。「童話は役にたつのだ」と、小学生に教えられたのです。秋、『シンボルの木』はメルヘン文庫になって、日本各地とデンマークにある『アンデルセン』の店に並びます。日本語がわかる人全員が、Kくんの童話を読むのです。ふしぎな粉は、読んだ人の心に降りそそいで、ままならないこの世を生きぬいていく勇気のもとになるでしょう。完璧に払拭されたのではありませんが、わたしの悩みは小さくなりました。深く暗い淵に立ったときには、『シンボルの木』を読み返そうと思っています。

ロイヤル・ショッピング

買いものは好きでもないし得意でもありません。住むために必要な家具はあるし着るものももっているので、買わなければならないのは食べるものだけです。スーパーマーケットまで徒歩五分なので、でかけたついでに食料を仕入れていました。買いだめしたためしはなく、その日暮らしみたいな毎日です。食器もひととおりはそろっていました。それなのに、どうしても欲しいと思う食器に出会ってしまったのです。ロイヤル・コペンハーゲンのフローラ・ダニカがそれでした。

コペンハーゲンで最もにぎわっているのはストロイエ通りです。朝から晩まで人であふれかえって、笑い声がひびいていました。反対に、郊外に行くとひっそりして、人の気配もありません。郊外に住む人全員が、ストロイエに集まってしまったのだと思ってしまいました。通りでいちばん目立つのがロイヤル・コペンハーゲン、一七七五年創業の老舗で、陶磁器やガラス製品、インテリア用品など、デンマークのブランドを扱っています。日本でもよく知られているのがブルー・フルーテッドでしょうか、白地に紺色で模様が描かれた清楚な陶器で、直径二十センチほどのお皿に二万五千円のプライスがついていました。フローラ・ダニカの値段はブルー・フルーテッドの四倍ほどです。デンマークの野山に生育する植物を丹念に描いた食器は素朴で優雅で、ため息がでるほど美しかったのです。

東京のデパートにも、ロイヤル・コペンハーゲンの売り場がありました。外国のブランドや宝石が並ぶ売り場に客はまばらです。ロイヤル・コペンハーゲンで買いものをしている人を見たこともありません。入り口は小さく、フローラ・ダニカはいちばん奥にあるガラスケースの中でした。鍵がかかったケースを守るように、制服の店員が立っています。近づいて値段をたしかめることなどとてもできません。

フローラ・ダニカの美しさをまのあたりにしたのは、デンマークで貴族の館に招かれたときでした。当主が住む城にはフローラ・ダニカ専用の部屋があり、大きなテーブルにも壁にも、陶器が飾られていたのです。お皿やティーカップはもちろん、ナイフやスプーン、バターナイフの柄までフローラ・ダニカでした。当主は、フローラ・ダニカの熱心なコレクターだったのです。

一九八三年に始まった『アンデルセンのメルヘン大賞』にも、フローラ・ダニカが使われていました。副賞として、大賞には大皿が、優秀賞にはティーカップのソーサーくらいの小皿が用意されていたのです。お皿の裏には黄金の文字で、『第＊回アンデルセンのメルヘン大賞大賞』と作者の名前が書かれていました。世界でたったひとつの、貴重な銘品です。フローラ・ダニカをしげしげと見たくて、受賞した人をたずねたことがありました。歓迎のしるしに出されたのは、受賞者が手作りしたサンドイッチと紅茶です。サンドイッチが盛られていたのがフローラ・ダニカの大皿でしたが、サンドイッチの下には三枚のレースペーパーが敷いてありました。傷つけるのも汚れるのも恐ろしかったのでしょう。集まったわたしたちがたっぷりと眺めたあとで、大皿はそそくさとケースにしまわれたのです。受賞者はみんな、フローラ・ダニカをケースに入れたまま、しまいこんでいるのだ、たまに取り出して見つめることはあっても、食器として使われることはない。もったいなくて、肉じゃがなんか盛ることはできないもの・・・そう思いました。

「近くにおいて、しみじみと見ていたい。わたしの宝ものにしたい」

金の縁をつけたフローラ・ダニカのお皿を見てつぶやいたのは、ずいぶん前のことです。初めての旅から二十年以上がたって、願いが適いました。娘が結婚したので、デンマークへの旅はひとりの、気ままなものになっていたのです。

「明日こそはロイヤル・コペンハーゲンに入って、フローラ・ダニカを買うぞ。ロイヤル・ショッピングをするのだ」

前の晩から自分に言い聞かせて、ホテルからロイヤル・コペンハーゲンまでの道を思い描きました。当日は朝食をすませて部屋に戻り、着替えをしなければなりませんでした。旅先での服装は着慣れたTシャツにジーンズ、足元はスニーカーだったのですが、ロイヤル・コペンハーゲンに入るには失礼かもしれません。選んだのは、定番になっているワンピースでした。ちょっと高級なレストランでの夕食や、貴族のお城での昼食、劇場に行くときなど、飾り気のない黒い木綿のワンピースは重宝だったのです。スニーカーの替わりに履いたのは黒の革靴でした。

「服も靴も、必要なら買えばいい」

始めのころ、思っていました。ところが、わたしの思惑は見事に裏切られました。デンマーク女性の平均身長は百七十八センチ、わたしより三十センチほど高いのです。スニーカーが擦り切れたので靴屋に行くと、出されたのは小学生用でした。可愛らしいけれど、イチゴの飾りがゆれているスニーカーには抵抗がありました。「これもいかがですか」と差し出されたソックスには、ピンクと赤の星がちりばめられています。ピンクと赤の星模様があるソックスにイチゴ飾りのスニーカーでは、落ち着いて歩くことができません。デンマークで衣類を手に入れることはあきらめて、手持ちのものをスーツケースに詰めるようになったのです。

午前十時の開店時間にあわせてホテルをでました。ゆっくりと歩いて、十時十分過ぎにロイヤル・コペンハーゲンに入る予定です。いよいよ店の前に立つと、足が震えました。どっしりした王冠の看板が、わたしを拒んでいるように見えるのです。

「宝石のひとつもつけていないお客さまは入店おことわりなんて、そんなことないわよね」

ひとりごとを言いながら、三階に昇りました。ティールームとB級商品があることがわかったからです。

「コーヒーを飲んで落ち着こう。安く買えるお皿があるかもしれないし」

B級商品は、花びらを一枚描き忘れたり葉脈がひとつ多かったりするもので、正規の値段より三十パーセントほど安いのです。ブルーフルーテッドのカップでコーヒーをいただいて、B級商品を見ましたが、フローラ・ダニカはひとつもありません。売り場に行くほかないと言い聞かせて、二階に降りました。「とうとう来てしまった」と「やっと来ることができた」、ふたつの思いが交錯します。広々とした売り場に、フローラ・ダニカが勢揃いしていました。ほほえんで迎えてくれるだけで、店員はいらっしゃいませとも言いません。引き寄せられるように、わたしは目当てのお皿が並ぶガラスケースに近づきました。九枚のお皿が、少しずつ重なり合っています。目をこらしていると、金髪に青い目の店員がすらりと隣りに立ちました。

「お手伝いしましょうか」

決まり文句を口にした彼に、わたしは答えました。

「この中のお皿を、二枚だけいただきたいの。全部欲しいけど、そんなにお金持ちじゃないから」

「ありがとうございます。どうぞ、心ゆくまでご覧ください」

ケースから取り出されたお皿は、大きなテーブルに置かれ、椅子をすすめると店員は離れていきます。三十分もかけて、わたしは憧れの品を選んだのでした。宝ものの値段は十七万円です。ケースに入れられたお皿は重くもないのに、店員は貴夫人につきしたがうようにわたしをエスコートしました。店の入り口までお皿を運ぶと、「また、お待ちしています」とほほえんだのです。

フローラ・ダニカの隣りにはジョージ・イエンセンがありました。入ったことがない銀製品の店へ、今なら入れると思いました。ロイヤル・コペンハーゲンの手提げ袋を持っているからです。けれど、フローラ・ダニカで精根がつきてしまったわたしに、瀟洒で上品な店に入る気力は残っていませんでした。思い出したのはタイの『金行』です。ちょっとした町には必ずある金行は、金を売り買いする店でした。出入り口は広く、ガラスケースも赤い壁も丸見えです。ケースの中にも壁にも、金のアクセサリーがずらりとぶらさげてありました。店番の店員も客も、素足にビーチサンダルの軽装で、ガラス戸には「本日の金、一二九五〇バーツ」と書かれた紙きれが貼ってあります。十二グラムの金が九千円、という意味でした。金の値段は日によって違うので、客は紙きれに注目します。新聞にも、その日の金の値段が載っていました。

「今日は格安だから、金行に行こう」と、ベンジャから電話があると、赤と金がまばゆい店に足を向けました。

タイの金を知ったのは、ベンジャ夫妻が日本に滞在していたころです。アチャラの左腕に、あたたかみをふくんだ金の腕輪が揺れていました。

「二十四金なの。と言っても、純金はやわらかすぎて細工ができないから、二十三金くらいかしら」

アチャラは言い、別れる日に、腕輪をわたしの腕に巻きつけたのです。

「お世話になったお礼と、わたしの愛をこめて」

そのときから、HAPPYの刻印がある腕輪は四六時中、わたしの左手についています。はずしたことはありません。ひとり旅を始めたわたしは、バンコクに行くたびに金行に入るようになりました。留守番をつとめてくれる娘に、おみやげのピアスを買うためです。旅行中には、新聞受けに新聞がたまりました。郵便受けは手紙や書類でいっぱいになり、電話にはいくつものメッセージが残されています。新聞を部屋に入れ、手紙や書類をたしかめてわたしにファックスを送り、メッセージには返事をするのが留守番の仕事です。わたしは心をこめておみやげを選びました。

金行に入ってきた女性を見たのは雨が降っている午後です。ほほえみの国らしく、タイの人たちには顔を合わせるとにっこりしてしまう習慣がありました。けれど、洗いざらしの服にビーチサンダルの女性は、にこりともしません。今にも死にそうな表情で、にぎりしめていた指輪を店主に差し出したのです。「生活が苦しいので、結婚指輪を売りにきたんだ」

ベンジャが通訳してくれます。

「調べてもいいね」

断った店主は、ぱちんと音をたてて指輪を切ると、まっすぐな棒にしました。延ばされた指輪の芯になっていたのは白っぽい金属です。女性が純金だと信じていた指輪は、アルミに金をメッキした品だったのです。

「亡くなった主人が、三十年前に贈ってくれた結婚指輪です。純金だと、主人は言いました」

「ご主人にだまされたんだよ。それとも指輪を売る人がご主人をだましたのか、わからないけどね」

小さな棒きれになりはてた指輪を握りしめて、女性は出て行きました。ベンジャとわたしは顔を見合わせて、ため息をつくことしかできませんでした。

「ジョージ・イエンセンにも、ドラマはあるのだろうか」

光りかがやく銀製品をちらりと見て、品物とかかわりあう人の人生に思いを馳せながらホテルに戻りました。フローラ・ダニカのお皿をスーツケースに入れることはできなくて、ずっと持ち運びました。

『ゆめのひとつぶ』を仕上げたのは、ロイヤル・コペンハーゲンでの買いものをした一年後です。主人公は五十歳を間近にした未亡人の紅子おばさんで、地方都市に住んでビルの掃除婦をしています。おばさんが夢みたのは、世界に知られるデザイナーの水着とハイヒールを手に入れて、南の島で泳ぐことでした。生まれて初めての贅沢にかかるお金は百万円、おばさんにとってはとんでもない大金です。着るものを切り詰め、お茶の時間に口にするおせんべいもおまんじゅうも我慢して、おばさんはお金をためました。大都会は悪者でいっぱいで、お金を盗まれるかもしれない、おまけに南の島だなんて、あんたにはそぐわない夢だと、同僚の掃除婦に心配されながら、おばさんは休暇をとります。まずは大都会の東京に行って、著名デザイナーの水着とハイヒールを買わなくてはなりません。

書きすすめながら、おばさんがブランド商品でいっぱいのビル目がけてすすんでいくシーンではロイヤル・コペンハーゲンに入って行ったときのためらいが役にたちました。南の島を書くためには、サイパンやタイのリゾートを思いだしたのです。海の色も波のあたたかさも、この目と体でたしかめたものでした。

遠くまで旅をしなくても、物語の種を見つけることはできます。夜更け、部屋から見えるのは明かりをともして走って行く電車です。こんな時間に、都心に向かうのはどんな人だろう、どんな思いをかかえているのだろうと考えずにはいられません。ビルの窓を磨いている人を見れば、奥さんはどんな人かしら、子供はいるのかしらと思います。小学校に行く子供たちを見れば、朝ご飯は食べたのかしら、宿題はすませたのだろうかと考えます。登場人物たちの『思い』を書くためには、実際のシーンや人物を見て、感じなければなりません。本で読んだりTVで見たりしたものは役にたたないのです。それは借りもので、自分で見聞きしたものではないからです。

「ストーリーをつくる楽しみよりも、これならぴったりと感じる文章表現よりも、思いを大切にして書いてほしい。作者がどう思っているかが、しっかりと感じられる作品をつくってほしいの」

講師をつとめている童話の教室で、わたしはたびたび言うようになりました。

名刺にドリームクリエイター

「お仕事は？」とたずねられて、「童話作家です」と答えられるようになったのは、五十冊を超す本を出版してからです。とっくに少女ではなくなっているのだし、仕事に自信をもってもいいのだと考えられるようになっていました。インタビューを受けるようになったのもそのころからです。「新刊について」「宝ものにしている品を見せてください」「ある日の夕食について」「何か運動していますか」「童話作家を目指す人へのアドバイス」などなど、編集者や記者に会って質問に答え、写真を撮られました。いつもひとりで、黙々と書いているわたしにとって、人に会うことや話すことは新鮮です。思いがけない世界を知らされることにもなるのでした。

「高校の制服を着て、母校の校門で写真を撮らせていただきたい」もインタビューのひとつでしたが、お断りしました。わたしを選んでくれるのは嬉しいのですが、高校の制服を着ることには抵抗がありました。見世物にされるようで、気がすすまなかったのです。

忘れられないのが、タイでのインタビューです。二十年ほど前のわたしは、バンコクに行くたびにホテル・サイアム・インターコンチネンタルに泊まっていました。大きな美しい屋根をつけたホテルは二階建ての木造で、大都会の中心部とは思えないほど広い庭があったのです。居間から庭へ出て行くこともできました。朝、こつこつと窓を叩く音がしたので出てみると、クジャクが羽をひろげていて、びっくりして笑ったものです。七十センチもの大トカゲが、プールサイドにあらわれることもありました。何回か泊まるうちに、ビジネスセンターにいた京子さんと親しくなったのです。親しくなったきっかけは、京子さんがわたしを疑ったからでした。タイの物価は安かったので、その年のわたしは少しだけ贅沢をしました。娘とふたりでスイートルームをとったのです。ベッドルームがふたつで、バス、トイレのほかにリビングルームもある部屋は居心地がよくて快適でした。プールサイドでのんびりすることはあまりなくて、町を歩きまわっていました。人混みにまじってタイ人気取りになったり、安い屋台でつまみ食いしたりスーパーを歩いたりすることが楽しかったのです。バンコクの舗道はがたがたしていました。舗装のコンクリートが固まらないうちに、せっかちな人やネコが歩いてしまうらしく、足跡がついていたり敷石がずれていたりするのです。舗道にぴったりなのがビーチサンダルでした。露出した足は涼しいし、がたがた道をしっかりと踏みしめることもできます。ビーチサンダルでホテルの中を歩くことはできないので、バッグに入れて外にでました。ロビーから出たところで、履き替えるのです。帰りは、ホテルの入り口近くで靴に替えました。

誰も見ていないと思ったのに、靴を履き替えるわたしたちを不審に思った人がいたのです。おまけに、わたしたちの装いは着古したTシャツにジーンズで、バッグは持ち歩きません。お金はポケットに入れていました。

「あの人たちはほんとうに日本人なのか？　スイートルームに泊まれるほどのお金持ちなのか？」

疑われたらしく、入り口に立っているガードマンに、「ルームナンバーを教えてください」と言われたこともありました。失礼なと怒ってもいいのですが、旅に出たら何でも楽しんでしまおうがわたしの主義です。ルームナンバーを教えると、ガードマンはキーをもってきて、確認したのではなくサービスしたふりをしました。注意書きが京子さんにもまわったのでしょう、四日目の朝、フロントからの手紙が部屋に届いたのです。

「あなたの宿泊代は＊＊バーツになりました。つきましては三日分をお支払いいただきたい」

それまで、宿泊代はチェックアウトのときに払っていたので、システムが変わったのかと思いました。フロントで確かめると、顔なじみのフロントマンが困ったような表情で言いました。

「すみません、キョウコはあなたを知らないので」

「わたしもその人を知らないわ。何かあったの？」

ビジネスセンターは、航空便を送ったりファックスのやりとりをしたりする部署です。郵便を扱うのは郵便局でしたが、ものすごく混んでいて、日本宛ての小包を送るのに三時間も待たなければなりません。ファックスを送るにも専門の店に行かなければならなかったのです。冷房が効いたホテルから出ることもなしに、郵便やファックスを送ることができるビジネスセンターは便利でした。大量に買いこんだ本を送るために、わたしはビジネスセンターを利用しましたが、京子さんに会ったためしはありません。ボスをつとめていた彼女はオフィスの奥で仕事をしていて、客の相手をすることはなかったのです。

三日分の宿泊費を支払った次の朝、朝食をとっていると小柄な女性が近づいてきました。

「ビジネスセンターの京子です、大変申し訳ないことをいたしました」

ごめんなさいと頭をさげて、京子さんはわたしを疑った理由を話してくれたのです。ビーチサンダルとよれよれのジーンズが理由のひとつでした。

「サイアム・インターコンチネンタルのお得意さまのほとんどが、日本人のビジネスマンやその家族なの。宿泊代を払うのは三菱＊＊とか三井＊＊、トヨタ、ニッサンなどの大会社で、個人のお客さまは少ない」

有名で大きい会社の裏付けがない個人客に目を光らせるのもビジネスセンターの仕事だったのです。ホテルにチェックインするとき、書かなければならないのが宿泊者名簿で、国籍、住所、電話番号、氏名、年齢、職業などの欄が並んでいます。たいていの人は正直に書きますが、年齢や職業は書かなくても文句をつけられることはありません。ホテルは鷹揚なのです。鷹揚の裏に、京子さんがいました。レストランで飲み食いして勘定書きには架空のルームナンバーと氏名を残して逃げ去った六人組のグループもいれば、最高の部屋にチェックインして、枕カバーやシーツ、ドライヤーも壁かけ鏡も、テレビまで持ち逃げした男もいたというのです。豪勢で華やかで、楽しさであふれているように見えるホテルでおこるシビアなできごとに、わたしは仰天しました。

「タイはまだ遅れていて、服装で人を判断するところがあるのよ。日本人ビジネスマンのの奥様がたは、スーツやワンピースを優雅にお召しになって、足もとはストッキングにパンプス、よれよれのジーンズなんか絶対に身につけない」

「ストッキングなんか履いていたら、暑くてたまらないでしょうに。ホテルから出たとたんに気持ちが悪くなるわ」

「奥様がたは歩かないの。ご自宅の玄関からホテルまで、運転手つきの自家用車に乗るんだもの」

「それでは、タイの庶民の暮らしなどわからないわよ」

「わからなくてもいいの。何年かしたら日本に戻るんだから」

「何年どころか、わたしは数日で日本に戻るけど、タイの普通の人の暮らしを知りたいし見たい。だから屋台やスーパーマーケットに行くの」

問答して以来、京子さんと親しくなって、プライベートな話もするようになったのです。わたしより五つ年上の彼女は、大学を卒業するとすぐにアメリカに渡りました。日本は小さすぎる、もっと大きなところで仕事をしたいと考えてのことです。アメリカ中を渡り歩いたあとでパリとロンドンに行き、ホテルに就職しました。配属先のタイが、すっかり気に入ってしまったのです。フランス人と結婚して娘ふたりに恵まれた京子さんが終の住処に選んだのはバンコク、スクムウィットにある一戸建でした。高級住宅街にある二階立てのお宅に、招かれたこともあります。ご主人と上の娘さんはパリに行っていることが多く、迎えてくれるのは京子さんと金髪のお嬢さんでした。ふたりともタイ料理の名人で、レストラン顔負けの夕食でもてなしてくれました。

バンコクでのインタビューを取り決めたのが京子さんです。

「バンコクポストのインタビューを受けていただきたいの」

朝食のテーブルで見せられた新聞は、部屋に届けられるものでした。読者はタイにいる外国人や観光客で、英文です。ページのひとつに『バンコクを訪れたお客さま』がありました。政治家や社長、歌手や俳優など、有名人の写真とインタビューが載っています。

「わたしは有名人ではないわ。京子さんとはくらべものにならない、やわな暮らしをしている童話作家なのよ」

ためらいましたが、すぐに押し切られました。童話作家は珍しいので、インタビューさせてほしいと、バンコクポストに望まれたと言います。ホテルの宣伝にもなるので是非と言われては、受けないわけにいきません。バンコクポストに連絡した京子さんから、インタビューの時間と場所が告げられました。その日の午後三時、プールサイドが時間と場所です。写真はバストなので着るものに気を使う必要はないことも言われました。

プールからできるだけ離れたビーチパラソルの下でインタビューを受けることにして、ランチのあとは部屋に戻りました。シャワーを浴びてシャンプーと化粧をして、長袖のシャツにジーンズ、靴も履いてインタビューに備えたのです。

「どのくらいかかるのかな」

インタビューのあいだは、ひとりですごさなければならない娘が聞きます。

「新聞の記事だから、三十分くらいかしらね。長くても四十分」

日本でのインタビューを思い出して、わたしは答えました。新聞や雑誌の記者が、ひとりでやってくることはありません。テープレコーダをかかえた記録係りやカメラマンが一緒でした。カメラマンには大きな機材を運ぶアシスタントがいる場合もあって、雑誌一ページのインタビューでもかなり大掛かりになってしまいます。プールから離れた場所を選んだのは、目立ちたくないからでした。

三時十分前に、わたしは約束の場所に行きました。記者たちが、時間に遅れることはありません。インタビューはいつも定刻に始まったのです。ところが、三時になってもバンコクポスト氏は姿を見せません。三十分過ぎると不安になって、京子さんに確認しました。日にちをまちがえたのではないかと思ったからです。

「インタビュアーはとっくに会社を出たそうよ。渋滞に巻きこまれたのかもしれない」

ＢＴＳとよばれる高架式の電車と地下鉄ができた今も、バンコクの渋滞は有名です。ホテルから京子さんの家まで、まともなら二十分で行けるのに、四時間近くかかったことがありました。道路がびっしりと車でうずまってしまうのです。携帯電話の普及はまだだったので、遅刻を相手に伝えることはできません。止まったままの車の中で、じっとしているほかなかったのです。

四時を過ぎると、わたしはベンジャに電話しました。夕食の時間を変更するためです。四時三十分を少し過ぎたとき、庭に走りこんできた男性がいました。上下揃いのスーツを着て、革靴を履いています。プールサイドにはそぐわないいでたちの人がバンコクポストの記者なのだとわかりました。カメラマンはいないし、テープレコーダーも持っていません。そばにきて名乗ったものの、遅刻を詫びることもありませんでした。彼はすぐ、インタビューにとりかかったのです。

「お仕事について教えてください」

「バンコクにはどれくらい滞在するのですか」「タイの印象は？」

質問はそれだけで、写真を撮ったのも記者でした。わたしが持っているのと同じインスタントカメラで、撮った写真は三枚だけです。日本では、ありとあらゆることを質問されました。写真も何十枚となく撮られたのです。それがあたりまえと思っていたので、「これでおしまいです、ありがとうございました」と頭をさげるバンコクポスト氏に、わたしはたずねていました。

「それで、大丈夫なんですか」

「大丈夫ですよ。知りたいことは全部答えていただいたし、写真も三枚撮りました。使うのは一枚だけなのにね」

請け合って、バンコクポスト氏は去って行ったのです。インタビューにかかった時間は十分ほどでした。

「これが、バンコクのやり方なんだわ」と思いました。写真が三枚だったわけは、フィルムが高かったからです。今でこそ、バンコクは品物であふれかえっていますが、当時はまだまだでした。フィルムは日本やアメリカからの輸入品で、一流新聞の記者にとっても、無駄遣いできるものではなかったのです。

翌日、バンコクポストに記事が載りました。「日本からやってきたタチハラエリカさんはバンコクの休日を楽しんでいる。彼女の仕事はドリームクリエィター・・・」

特別に新鮮な記事ではありませんでしたが、ドリームクリエィターに拍手してしまいました。作家ならライターでいいのですが、童話がついたので、バンコクポスト氏は考えこんだのでしょう。日本語にしたら『夢創造人』、素晴らしい仕事ではないかと感激しました。それから、名刺の裏には英文の名前と住所に加えてドリームクリエィターを印刷することにしたのです。日本語の方に『夢創造人』を入れることは照れ臭くてできませんでした。『童話作家』も入れたことはなく、名刺を見てもわたしの仕事はわかりません。

童話の種

象

童話の種は、至るところで見つかります。見つからない人がいるとしたら、見つけようとしないだけなのです。

わたしが一番大切にして、まだ作品にできずにいるのは象です。アフリカ象とアジア象がいることはよく知られていますが、何週間か前のＴＶで、ボルネオ象の存在を知らされました。アフリカ象の体高は四メートル、体重は七トンです。アジア象はアフリカ象よりも小さくて、体高三メートル、体重は五トンほどですが、巨大であることに変わりはありません。ところがボルネオ象は、頭からお尻までが百八十センチです。絶滅寸前と説明されましたが、会ってみたいと思いました。

日本で、象に会えるのは動物園にきまっています。檻の前はいつも人でいっぱいでした。けれど、動物園では象を見るだけ、象も見られるだけで、芸を見せてくれたりはしないし、乗ることもできません。『市原ぞうの国』は、日本で唯一、象の芸を見ることができて乗ることもできるところかもしれません。場所はちょっと不便で、都心の新宿から総武線で千葉か東京に出て、内房線で五井駅まで行きます。五井からは小湊鉄道で上総牛久または高滝に行き、そこから車で十分のアクセスです。タクシーなどは見当たらないので、『市原ぞうの国』に連絡すると、迎えにきてくれました。わたしの部屋からは三時間以上かかります。行ったのは八月の暑い日で、夏休みのせいで子供たちがいっぱいでした。広場にあらわれたアジア象は八頭、行進もすればダンスもお手のものです。サッカーではみごとにゴールを決めて、ハモニカも吹きました。絵筆を鼻で扱いながら絵を描くこともできます。象画伯が描いた絵は結構な値段で売られていました。象を扱っているのは、タイから来た象使いたちで、きちんと靴を履いています。

「八頭もいたら餌が大変でしょう」

気にしたら、園長の坂本小百合さんが笑いました。

「大丈夫なの。象たちは名タレントだから、餌代は自分で稼ぐわ。キリンもライオンもカバもカメも、猫だってタレントなのよ」

『市原ぞうの国』の動物たちは、映画やＴＶドラマ、コマーシャルにも出演していたのです。タレントらしくみんなきれいで人なつこく、近づくと体をすりよせるようにして「なでて！」とおねだりしました。坂本さんは象の楽園を計画していて、年をとって働けなくなった象のために、温泉つきの象舎をつくろうとしていました。

初めて象に乗ったのはインドの寺院です。きつい登り坂を、象の背中に揺られながら行きました。着いたところでは、象使いがチップを要求します。お金ではなく、象のためにバナナやキャベツを買ってくれと言うのです。登る途中で、象は焼け残りの新聞紙を食べましたから、よほどおなかが空いていたのでしょう、バナナひと房とキャベツを五個あげると、むさぼるように食べてしまいました。次はスリランカの象でした。乗って、木陰をのんびり歩いたのはよかったのですが、行く手に流れがあったのです。水浴び大好きの象は、じゃぶじゃぶと流れに入って行きました。

「やめてよ、わたしは水着を着ていないのよ」 さけんでも通じません。象は水深二メートルまで進んで、ぐいっと体を沈めたのです。わたしは服のまま泳ぐはめになって、象使いが大笑いしました。それでも、憎む気にならないからふしぎです。流れから上がると、「ご苦労さん」と言うように、象は鼻でわたしを優しくたたいてくれました。そしてもちろん、象との触れ合いが最も多かったのはタイです。首都バンコクの目抜き通りに、象があらわれることもありました。象使いに付き添われて、ゆうゆうと歩く象は人でかこまれます。みんなが象に触れ、子供たちがおそるおそるおなかの下をくぐりました。そうすると病気をしないと信じられているのです。チップはここでも野菜や果物で、バナナを鼻ですくわれたとたんに泣き出す子がいました。バンコクの目抜き通りを歩くのは、象使いにとって結構なアルバイトになるのですが、何年も前に禁止されてしまったのです。理由は象が排泄する大きな糞とおしっこでした。以後、象はあまり人気のない郊外の道を歩くほかなくなりました。

象に会いたくて、ラムパーンに行ったことがあります。バンコクからラムパーンまで、飛行機なら五十分ほどで着きます。市街から六十キロ余りのところに『象の学校』がありました。象たちはここで、林業を学んでいたのです。ジャングルで切り倒した巨大な木を運ぶ勉強でしたが、チーク材の伐採が禁止されてしまいました。勉強はショーに生かされて、毎日大勢の人が見物しています。

ラムパーン市内のホテルに泊まっていた早朝、ベンジャから連絡がありました。生まれたばかりの象を見せてくれる人がいるというのです。車を走らせて象の持ち主をたずねました。

「静かにして、声はあげないでください」

注意されて近づいた象舎には、数人の見物客がいました。みんながしんとして、ささやき声も聞こえません。目だけが象舎に向いていました。ほの暗いそこに、生まれて四日目の象がいたのです。赤ちゃんでも体高は七十五センチ、体重は百キログラムほどで鼻の長さは三十五センチくらいです。抱きあげることはとてもできませんが、両腕で囲うことならできそうでした。

「かわいい！」

声にだせないみんなの声が聞こえました。次の朝もその次の朝も、象舎に行きました。あまりにも熱心に見ていたせいでしょうか、象の持ち主が言ったのです。

「欲しければ子象を売ってあげる。値段は格安で十万円」

十年ほど前のことなので、今なら二十万円くらいでしょうか、確かに格安です。

「でもこの象さん、大きくなるのよね」

ささやくと、持ち主はうなずいて、そばにいた母象を示しました。見上げるほどの体高です。

「大きくても、三百平方キロメートルくらいの場所があれば飼えるよ。近くに川があるグラウンドを借りればいい。象は一日ぶらぶらしているだけで、散歩させなくてもいいから手はかからない。餌は一日に三百キログラムの草でオーケー」

「できるだけあたたかいところで、川がある土地を借りることはできるかもしれない。でも、一日に三百キロの草はどうするのよ」

『市原ぞうの国』では、大きなトラックが山ほどの干し草を荷台に乗せて、象舎に運んでいました。干し草を毎日配達してくれる業者がいるのだと思います。土地も餌もなんとかなるとして、最も厄介なのは法律でした。犬のように、ペットとして象を飼うことはできないのです。個人が象を飼うにはどうしたらいいのか、たしかめることもしませんでした。

「残念だけど、わたしには飼えない」

お断りすると、持ち主は笑って言いました。

「だったらうちで飼ってあげるから、毎年会いにくればいい」

象を買い上げて、象舎や象園に飼育をまかせている人がいたのです。飼い主として年に何回となくタイを訪れ、自分の象と遊びます。象も、嬉しくてたまらないようにたわむれていました。

飼い主になることはできませんでしたが、毎年ラムパーンに行っては象に会いました。四年たつと、赤ちゃんだった象は母象のおっぱいから離れてわたしと同じ背丈になったのです。会いに行くと、歓迎のしるしのように鼻ですくった砂をかけてくれます。象の嗅覚は鋭く、一度でも会った人を匂いで覚えているのでした。

黄色い運動靴

小学校の入学式がすんで、新学期が始まったころのことです。内気で人見知りだったわたしを気遣って、「一週間だけ」の約束で、母が送り迎えをしてくれることになりました。ところが二日目、「ここで待っているから」と言った場所に、母の姿はなかったのです。仕方なく、大きな桜の木の下で、わたしが母を待つことになりました。盛りを過ぎた桜の花は、風が吹くたびにほろほろとこぼれます。「花びらつなぎしよう」

ひとりごとを言って、取り出したのは桜色の細い糸がついた針です。桜の花びらを集めて糸に通すのが花びらつなぎでしたが、何の役にたったのかはわかりません。花びらは柔らかすぎてすぐくしゃくしゃになりました。つないだところで、アクセサリーにはならないし、宝ものとして保存できるものでもないのです。でも、女の子たちはきそって花びらつなぎをしました。そんな言葉はまだ知らなかったけれど、『暇つぶし』だったのです。遊びに夢中になると、母があらわれないことも気にならなくなります。木の下に座って、わたしは遊びつづけました。広げたスカートにのせた花びらが、どんどん少なくなっていきます。

「もっと集めてこなければ」

思ったとき、男の子が近づいて、スカートに花びらをこぼしたのです。

「花びら、あげるよ」

言いながら、男の子はわたしの隣りにしゃがみました。

「何してるの」

「花びらつなぎ」

「つないでどうするの」

「どうもしない。ただつなぐだけ」

「おもしろい?」

「おもしろい」

「どうして、うちに帰らないの?」

「ひとりでは、帰れないの」

「どうして、帰れないの?」

「帰り道が、わからないから」

「わからないほど、遠いの？」

「きっと、遠いのよ」

「ぼくんち、学校のとなりだよ。とっくに帰って、またきたんだ」

たどたどしい会話でした。男の子の質問に答えるだけで、精一杯だったのです。答えながら、わたしはうつむいて、男の子の靴を見ていました。鮮やかな黄色のズックで、甲に『うめぞのしん』と書いてあります。

「この子の名前、うめぞの・しんなんだ」

思っても、たしかめることはできませんでした。やがて母が走ってくると、わたしは男の子から離れました。

五月になって、わたしはひとりで学校に通うようになりました。クラスが違っていたのか、男の子がほかの小学校に行っていたのかはわかりませんが、姿を見ることはなかったのです。学年が違っていたのかもしれません。それに、見たとしても、わたしは男の子の顔がわからなかったでしょう。はっきりと覚えていたのは黄色のズックと『うめぞのしん』だけでした。

学校の隣りには、二階建ての家がありました。金網のフェンスにかこまれた庭には犬小屋があって、大きな白い犬が、学校帰りの子供たちを見張っています。何が気に入らないのか、わたしを見るたびに犬は吠えたのです。わたしは走って犬から逃げ、二階建ての家が大嫌いになりました。うめぞのしんが、そこに住んでいたのかどうかはわかりません。もう一方の隣りにも、家があったのかもしれませんが、わたしは決して、いつもとは違う道を歩こうとはしなかったのです。小学校には、六百人ほどの男の子がいました。男の子とすれ違うたびに、わたしがたしかめたのは靴です。タンポポの三十倍も濃い黄色の靴を履いている子はいませんでした。

夏休みが近づいて、蒸し暑かった午後、わたしは学校からの帰り道を歩いていました。すると、いきなり鋭いブレーキの音がひびいて、トラックが止まったのです。後輪の下に、黄色いズックがはっきりと見えて、子供たちの声が聞こえました。

「シンちゃんが轢かれた」

わたしは急いでトラックから離れると、家目がけて走りました。

全部があいまいなことです。うめぞのしんが、わたしに桜の花びらをくれた男の子であることはたしかなのですが、彼の顔をわたしは知りません。トラックに轢かれたのはシンちゃんで、黄色いズックを履いていましたが、花びらをくれた男の子だったかどうかはわからないのです。

「あのとき、たしかめればよかった。轢かれたのが『うめぞのしん』だったのかどうか、大人たちにたずねればよかったんだわ」

ずっとあとになってから、考えたことです。今となっては、『うめぞのしん』がほんとうにいたのかどうかも疑わしくなってしまいました。後悔だけがくっきりと残っています。一年生のあの日、親切にしてもらったのに、わたしはシンちゃんに「ありがとう」も言わなければ「さようなら」も言いませんでした。物語りに小学生の男の子を登場させるとき、わたしは『うめぞのしん』を思い出します。「花びらをくれてありがとう」と言い、書き終えたときには「さようなら」と言うのです。ふたつの言葉は、『うめぞのしん』へのレクイエムです。

ふたりの雪だるま

二〇一三年一月十四日、朝から降っていた雨が、九時には雪に変わりました。白い鳥の羽が、空をうずめて舞っているような激しい雪です。

「歩くのは大変だわ。電車が遅れるかもしれないし、早めにでかけよう」

ひとりごとを言いながら、窓の外を見つめつづけました。買いものなら止めて部屋にいればいいし、友だちに会う約束ならキャンセルして別の日にすればすむことです。が、その日は都心で、親友が演出したバレエの公演がありました。必ず行くと約束して、チケットを手に入れたのは半年前です。

「行ってあげなければ。この天気では当日売りのチケットは売れないだろうし、お客さんも少ないに違いないわ」

支度をしながらも、雪が気になりました。羽の舞いはますます激しくなっています。

「レインブーツは持っていないから、滑らない靴で行くほかない」

靴をしらべていると、館内放送が聞こえました。

「成人の日の休日を家で過ごしている大学生のみなさん」

わたしが暮らしているのは、三百五十戸以上の部屋がある集合住宅です。「ただいまより消防点検を行います。緊急サイレンが鳴りますが火災ではありません」などのお知らせが館内放送されることはありますが、放送は年に一度か二度でした。

「何だろう」

耳をそばだてると、放送はつづきました。「ただいまより雪かきをします。都合のつく方はどうか手伝ってください。道具はフロントに用意してあります」

一回きりの放送でした。

「雪かきをしてくれる人がいるんだ」

ベランダから見下ろすと、雪かきを始めている人がふたりいました。降りしきる雪の中で、せっせと竹ホウキを動かしています。雪かきなら、雪が止んでからにすればいいと思うのは間違いで、降っているときにかいてしまった方が後が楽なのだと、教えてくれたのは新潟の豪雪地方で生まれた友でした。

滑らない靴と大きな傘で武装したわたしが出ていくとき、庭では十人を超す人たちが働いていました。「ありがとうございます」と頭を下げずにはいられませんでした。

公演が終わったのは午後五時です。雪はまだ降っていました。滑らないように滑らないようにと注意しながら歩いたせいで、足は棒みたいに固まっています。たどりついた庭に、人はいませんでしたが、雪はありませんでした。入り口から道まで、きれいな通路ができていたのです。「ありがとうございます」と、心の中でつぶやいて通路を歩きました。

翌日は快晴でした。日当たりの良い場所に積み上げられた雪がどんどん溶けていき、三日後にはほとんど消えてしまいました。出がけには気づかなかった雪だるまを目にしたのは戻ってきたときです。出入り口のひさしの下に、ふたりの雪だるまが立っていました。

「大学生が雪かきをしているとき、小学生も働いていたんだわ」

ほほえみがこぼれました。積み上げられた雪をせっせと転がして、小学生たちがつくったのは特大の雪だるまだったのです。ひさしに守られてはいても、雪だるまも溶けていきました。

「せっかく生まれてきたのに、もう消えてしまわなければならないんだね」

「仕方がないわよ。溶けるのが、わたしたちの運命ですもの」

夕明かりの中で、雪だるまが話しているのが聞こえました。

「あと何日、あなたを見ていられるのだろう」

「五日くらいかしら。わたしは子供の頭ほどのかたまりになって、つけてもらった炭の目も落ちてしまうわ」

「ぼくが消えても、目は残っているんだ」

「手になっている枝も残るわ」

「目も手も、ぼくたちのものだったことを忘れてしまうだろうな」

「わたしは、忘れずにいてほしいと思うわ」

「どうしてそう思うの」

「ただの炭や枝ではなくて、雪だるまの目と手になったことがある炭と枝なのよ、誇らしい気持ちになれる」

「雪だるまの役にたってよかったって、優しい気持ちにもなれるよね」

子供の頭ほどだった雪だるまは、大人のこぶしくらいになっても、まだ会話をつづけていました。

「きっと明日、わたしはあとかたもなくなるわ」

「ぼくもだ。一緒に消えていこう」

「わたしたち、心も消えてしまうのかしら」

「心は消えない。空気とともに空に昇って、今度の雪と一緒に地上に降りる」

「そして、雪だるまの心になるのね」

「そうだよ。心があるから、ぼくは見上げたのが空で、そこには太陽や星がかがやくことがわかった。流れていくのは雲で、ぼくは雪でつくられたことがわかった」

「心があるから、わたしはあなたと別れるのが悲しい」

「心があるから、次に雪が降ればまた会えると信じられて幸せになれる」

「悲しみも幸せも感じられてよかった」

次の朝、雪だるまは「さよなら」とささやいて溶けてしまいました。

大雪の日に、わたしが見つけた童話の種です。大学生は大好きなお姫さまを抱いて天のかなたに昇っていく王子さまになったり、邪悪なものを焼き滅ぼして人びとを救う竜になって登場します。子供たちは雪の精になって町を駆けめぐったり、花になって冬の寒さを耐えしのんだりするのです。そして雪だるまは、冬に欠かせない風景になって登場します。

インド六不思議

「行ってみたい」と思いながら、なかなか足をのばせなかったのがインドです。いろいろと良からぬ噂を聞いていました。

「インド人は信用できない」「インドは泥棒だらけだ」「持ちものをホテルの部屋に置くな。理由はなくなるからだ」「買いものをしてもお釣りはもらえない」「貴金属は絶対に身につけるな。インド人は指輪を盗むために指輪をつけた指を切り落とすのだ」

まさかと思うこともありましたが、インド旅行の経験者に聞くと、部屋に置いた小銭やカメラが消え、お釣りはもらえなかったと言います。貴金属は身につけずに旅をすればいいのですが、金目のものを持っていなかったので顔をなぐられて骨折した人がいました。

「もちろん悪者はいるよ。だけど善人もいるし何よりインドは面白い。常識でははかれない面白さに満ちている」と言ったのはカプール、日本でインド旅行の企画や手配をしている人です。

「行きたいのなら僕が予約その他をしてあげるし、信用できるガイドも紹介する。ただし、あなたひとりで行くことは絶対に禁止だ」

ひとり旅大好きのわたしに、彼はクギをさしたのです。

「ふたり以上、できれば四人グループくらいで行ってほしい。ホテルはもちろんひとり部屋にしてあげる。ただし、都会では最高級ホテルにしか泊まらないこと」

最高級の次は高級ではなく、経済的とされるホテルになってしまうのです。経済的なホテルのほとんどはベッドをずらりと並べた相部屋でシャワーもトイレも共用と聞いては尻込みしてしまいます。どこに行っても眠るときはひとりになるのがわたしの主義でした。当然お風呂もトイレもわたし専用です。

「部屋から出たら、いつも誰かと一緒にいなければ不自由なんだよ。あなたの荷物はどれくらい？」

「パスポートやお金などを入れた大きめのバッグ。旅行中は斜めがけにしている。中くらいのスーツケースは預けてしまう」

「バッグは絶対に離してはいけない。リュックサックの場合は背中ではなく胸にかける。それと、残念なことにスーツケースが行方不明になることが多い。バッグをもうひとつ用意して、三日分の着替えを入れておく。空港などでトイレに行く場合、着替えを入れたバッグはグループの誰かに預ける。どうしてもひとりになってしまって、バッグを手から離さなければならないときは、足に履くこと」

足に履くのは、バッグの持ち手を両足にはめて歩くことでした。

行きたいけどためらっていた知り合いを募って、初めてのインド旅行が実現したのは十五年前のことでした。たしかに面白かったけれど、とても疲れる旅でもあったのです。人を見たら泥棒と思え、ミネラルウォーターは飲むな、生野菜もフルーツも口にしてはならない・・・カプールの教えを守らなければならなかったからです。でも、インドで見つけた不思議なことは、童話を書くために役にたちました。アイティムや舞台に使うことができたからです。

ビーフステーキ

インド人の八十二パーセント以上はヒンドゥー教の信者です。イスラム教十一パーセント、スィク教約二パーセント、キリスト教は二、五パーセントで、仏陀の生まれた国なのに仏教徒は〇、八パーセントしかいません。最も多数を占めるヒンドゥー教の信者は、牛肉を食べないのです。信じているシヴァ神が乗っているのが牛だからでした。神聖で大切にされている生きものが牛なのですが、中には不幸なものもいます。飼い主を失った牛で、野良牛と呼ばれていました。野良牛は困りもので、車道でも歩道でもおかまいなしにゆうゆうと歩きます。ときには車道の真ん中に、五頭や六頭の群れが座っていたりするのです。井戸端会議しているような牛の群れを、自動車は迂回しなければならないので、大渋滞になってしまいます。どんなに警笛を鳴らしても、牛が立ち去ることはありません。自分たちが大切にされていることを心得ているように悠然とふるまいます。

気の毒だったのは野菜売りでした。精根こめて育てた野菜を市場で売るのですが、野良牛が食べにきます。餌をくれる飼い主がいないのだから、食べものは自分で手に入れなければなりません。のっそりと市場に入ってきた牛が、野菜売りの商品をむしゃむしゃと食べます。追い出せばいいのですが、できないので商品をかき集めて逃げるほかありません。かき集めるいとまがなかった野菜売りは牛を押し出そうとしますが、無理でした。野良牛ではあっても大きいし重いからです。棒かムチで叩き出せばいいのでしょうが、インドではできません。

「可哀想に、また野良牛と戦っているわ」

市場で、牛を追い払おうとする野菜売りを見るたびに、わたしたちは言いました。日本人だから牛をムチで打ってもいいのだと考えても、体は動きませんでした。棒もムチも持っていなかったし、牛に立ち向かう勇気もなかったのです。

「牛は食べないのではなかった?」

ニューデリーのホテルで、たずねたことがあります。メニューに『ビーフステーキ』があったからでした。

「わたしたちは食べないけど、旅行者は食べたがるよ。アメリカ人は牛を食べなければ生きていけない」

ためしに、ビーフステーキをひとつだけ注文してみました。

やがて運ばれてきたのは、鉄板の上でジュウジュウと音をたてているステーキです。付け合わせの野菜は見当たらない替わりに、いくつもの小さな壷が並んでいました。

「尋常な力では切れないよ」

ナイフとフォークを使った仲間は、力まかせにステーキをひと口分だけ切り取りました。が、口に入れたものの食べられなかったのです。肉は石のように堅く、味がついていません。

「これはどこの牛肉ですか」

質問すると、シェフがやってきましたが、どこの肉かは知らないと言います。

「ここは最高級のホテルなのよ。知らないなんておかしい。日本だったら、ヨシノ屋の牛どんに使っているのはオージービーフとか、しっかり答えてくれるわ」

「もしかして野良牛のステーキ？」

「まさか。牛は食べない国だから、屠殺場もないと思うわ」

「だったら輸入品？」

「輸入品だったらシェフがそう言うはずだ」

「もっとわからないのは、味がまるでないことだよ。塩コショウくらいは使ってもいいじゃないか」

日本語でぶつぶつ話していると、シェフが言いました。

「申し訳ありませんが、ホテルの調理人は全員がインド人です。牛肉を食べたことがありません。食べたことがないものを、どれくらい焼いたらいいのか、どんな味をつけたらいいのかわかりません。ですからビーフステーキと一緒に、調味料一式をサービスしています」

言われてやっと、壷の中身が塩やコショウ、砂糖に酢にギー、すりおろしたニンニクなどだったことがわかりました。ギーは水牛の乳でつくられたバターです。

「インドのビーフステーキは水牛の肉？」

「水牛も牛の仲間だよ。インド人は食べないし殺しもしないと思う」

「だけどこの堅さは労働していた牛だからに違いないよ。乳牛ならもっとやわらかいと思う」

「日本では食肉牛を育てていると話したらどう思うのかしら」

「ビールを飲ませてマッサージして、までは褒めてくれるだろう。でもそれは、脂肪が網目のようにいきわたったやわらかい肉をつくるためで、牛は最もおいしいときに殺されると知ったら、びっくり仰天するだろうな」

「インド人は牛乳を飲むのかな」

「飲むよ。紅茶を煮出して砂糖とミルクとショウガ味をミックスさせたのがチャイだ」

「ヨーグルトも多用するし」

にぎやかに話していると、アメリカ人が近づいてきました。

「ここのビーフステーキを食べましたか」聞くと、

「もちろん、ためしてはみた。だけどひと口も食べられなかったよ。あれはビーフステーキではない。何か知らないけどインド独特の牛肉料理というか創作料理だ。食べたこともないものを料理するなんて信じられないし、シェフが味見もしないものを客に提供するのもインドならではだね。この国で、アメリカ人の常識は通用しない」

おお、不思議の国インドよと、アメリカ人は大袈裟な身振りで苦笑しました。

レイク・パレスホテルの冷蔵庫

デリーから飛行機で二時間のところにあるのがウダイプル、もの静かな古都です。「一度は泊まってみたい」と思ったのが湖の中にたたずむレイク・パレスホテルでした。

「三年後なら予約がとれるから、是非行ってみて」

カプールは張り切りましたが、わたしの胸の内は複雑でした。世界中の著名人が訪れるというホテルのどこがいいのか見当がつきません。しかも、薦められた部屋はスイーツのマハラニルーム、一泊十五万円だったのです。

「行ってみましょうよ、泊まらなければ宮殿ホテルの部屋には入れないんだし」

言ったのは好奇心でいっぱいの編集者です。もうひとりの編集者とイラストレーターが旅の仲間でした。ひとり四万円ほどで世界に知られるホテルに泊まれることになります。

ウダイプルに着いた一行は、空港からシティ・パレスまでタクシーに乗り、そこからは宿泊客専用のボートでホテルに向かいました。目の当たりにした白亜の宮殿は、写真で見ていたものよりはるかに美しく、きらきらとかがやいています。

レイク・パレスをつくったのはウダイ・スイン王、人工のピチョーラ湖は、宮殿ができたあとに水で満たされました。十六世紀のことです。

ホテルに着くと、荷物係りがうやうやしくスーツケースを運び、フロントでは白いターバンに民族衣装をつけた係りがルームキーを受け取りました。ルームキーは宿泊客に渡されるものと思っていたわたしは、首をかしげながら係りについて行きました。

中庭の入り口まで来ると、係りが入り口の番人にキーを渡します。部屋に着くと、またドアの前に番人がいました。荷物係りに始まってドア番まで、四人にチップを渡さなければなりませんでした。最高の部屋に泊まるのはお金持ちですから、チップをはずまなければならないのです。

「やれやれ、にわか金持ちは疲れる」

ようやく四人だけになれた部屋で、イラストレーターが肩をもみました。マハラニはマハラジャの奥さんですから、藩王夫人の部屋です。貴夫人の部屋らしく、赤で統一されたインテリアは優雅で、みごとな家具が並んでいました。広々とした居間には銀のブランコが吊ってあったのです。食堂には大きな丸テーブルがあって、十二客の椅子がかこんでいます。寝室のベッドはふたつでしたが、召し使い部屋も居間のソファも使えるので、四人それぞれの部屋で眠ることができそうでした。ベッドに横たわると、足もとにある窓から水が見えます。ピチョーラ湖の水でしたが、魚はいません。乾季になると干上がることもあるという湖に、魚は棲めないのでしょう。

「水が飲みたい」

誰ともなく言い出して、冷蔵庫を探しました。見つけたのは、手提げ金庫ほどのかわいらしい冷蔵庫ですが、中は空っぽでした、
日本のホテルにも、必ず冷蔵庫があります。ビール、日本酒、ミネラルウォーター、コーラ、お茶、おつまみ、チョコレートなどがぎっしりと並んで、取り出されるのを待っているのです。

中がからっぽの場合には、同じ階にある自動販売機で好みのものを買ってきて入れます。

「自動販売機を探してくる」と出て行ったイラストレーターは、すぐに戻ってきました。ドア番にたずねると、ホテルにはないけれど、町に行けばあるかもしれないという答えだったと言います。デンマークでもタイでも、水道水は飲めないので、ミネラルウォーターを買わなければなりません。ホテルの部屋には毎日、無料のミネラルウォーターがサービスされました。

「水が飲みたかったら、町まで買いにいかなければならない」

「ボートとタクシーを乗り継いでね」

レイク・パレスホテルで一泊したあとはデリーに戻って、列車でジャイサルメールに行くスケジュールでした。砂漠の中にある素朴な村を見ることが旅の目的で、レイク・パレスホテルは部屋がとれたので、スケジュールに組み込まなければならなかったのです。

「ルームサービスの夕食を頼んで、ついでにミネラルウォーターも持ってきてもらおう」

思いついて電話すると、またまたものすごいサービスが始まりました。四人のウエイターがそれぞれにひとり分の夕食をのせたトレイを運んで、そのあとにミネラルウォーターを二本ずつのせたトレイを捧げ持つルームサービスが四人ついてきたのです。

「インドのホテルでのサービスは、日本やデンマークとは違うし、タイとも違うのだ」と思いました。レイク・パレスホテルの冷蔵庫が、飲みものを冷やすために置かれていたのは確かだと思うのですが、飲みものを手に入れるにはどうしたらいいかまでは考えられていなかったのです。かわいらしい冷蔵庫を思い出すたびに、笑いたいような怒りたいような、不思議な気持ちになってしまいます。

頭隠して・・・

インド人女性の多くがまとっているのがサリー、幅百二十センチ、長さ六メートルほどの布です。クルタとパジャマ、上下とも白の布でつくられたゆったりした服は、男性用でした。女性も男性も素足に露出部分が多い革のサンダルを履いています。

サリーを目の当たりにしたのは一九八六年の『ハート展―インド手織と三宅一生』でした。金銀の糸が織りこまれて、うっとりとかがやいている布の美しさに見惚れました。インドの手仕事がどれほど素晴らしいかに気づいたのはそのときです。けれど、長い布をどのように身につけるのかは知らなかったし、知ろうともしませんでした。見るだけで手にとろうともしなかったサリーを、着ることになったのはインド舞踊のためです。タイ・フリークだったので、タイ舞踊を習いたいと思っていました。でも、いくら探しても教えてくれる教室も先生も見つかりません。見つかったのがインド舞踊の先生で、早とちりのわたしは「インドもタイもたいした変わりはない」と決めこんで、入門してしまったのです。インドには何種類もの民族舞踊があり、わたしが入門したのはバラタナティアムだったとわかったのは、稽古を始めて二週間後のことでした。

稽古の初日、先生から手渡されたのがサリーです。着方も教えられました。膝上までのレギンスと体にぴったりの半袖シャツの上に、六メートルの布を巻きつけていくのです。ピン一本も使わずに布を「着る」のは不安でした。踊るためには当然体を動かして、激しいステップも踏まなければならないのです。動いているうちに布が落ちてしまうのではないかと思いました。が、とにかくサリーを着て鏡を見たのです。「これがサリーなの?」と、がっくりしました。

わたしが見ていたのは、足首がかくれるほどの布をまとったインド女性のサリー姿です。肩にかけた布はきらびやかで優雅で、ひそかに揺れていました。わたしのサリー姿は、きらびやかでも優雅でもありません。動くために、サリーは膝下十センチと短く、肩かけは固定されていたのです。貧相だと思いながらも、稽古に精を出しました。そのうちに、優雅ではない方が稽古に向くことがわかったのです。ステップを踏むとき、長いサリーは足にからみつき、肩かけは邪魔になるのです。汗だくにもなるので、稽古で身につけたものはすぐに洗濯しなければなりません。機械織りで安物の綿がぴったりだったのです。

先生と一緒にインドを旅する機会があって、サリー専門店にも行きました。キリは五百円からピンは五十万円と、値段も布質も色どりも多彩なサリーから、わたしが選んだのは三枚でした。インド舞踊に関係しているのだから、日本で身につける機会があるのではないかと考えたのです。けれど、そのサリーは一度も使わずに物入れにしまわれることになりました。インド舞踊をやめたからです。理由は、住まいの沿線にあった稽古場が移ったからです。電車を乗り継いで二時間半もかかる稽古場に行くゆとりがなくなりました。サリーを着ることもなくなったのです。ブラウスかワンピースにすることも考えましたが、ハサミを入れるには完成され過ぎた、美しすぎる布でした。

あたりまえですが、インドではサリー姿の女性をいくらでも見かけます。後ろで束ねた黒髪にはジャスミンの生花を飾り、ゆうゆうと歩く彼女たちには独特の美しさがありました。美しさが消え失せるのは寒いときです。一月の早朝、デリーの気温は八度まで下がります。最高級ホテルに暖房設備はなく、朝食をとるわたしたちはセーターにダウンジャケットを重ねていました。ホテルの従業員も寒い寒いとふるえあがっています。耐えかねると、男性は頭にマフラーを巻きつけました。女性は肩にかけていたサリーで頭を包みます。それでも、ふるえはおさまりません。足が、むきだしのままだったからです。寒いとき、わたしがまず身につけるのはソックスなんだけどと、頭隠して尻隠さずに笑いがこみあげました。かれらがダウンジャケットを手に入れようとしないのは、寒さが数時間で消えるからなのでしょう、昼間のデリーは気温二十度、長袖のシャツか薄手のジャケットがあれば過ごせる快さでした。それにしても、白の衣装をきりりと着こなしていたフロントマンが頬被りしている様子は不思議でした。悪事の相談をしている悪人の群れに見えたからです。

衣類のつけ方には、習慣があります。バンコクから三月の日本にきたタイ人が寒いと言うので、厚手のセーターを贈りました。ところが、セーターを着た彼は言ったのです。

「やっぱり寒いよ」

彼には、重ね着の習慣がなかったのです。いつものTシャツは脱いで、素肌にセーターを着ました。いくら厚手でも、編み目から風が入ります。長袖シャツにセーターを重ねて、ようやく寒さから解放されたのでした。

湧き出る物乞い

ボンベイ（わたしが旅をしたころ、ムンバイではありませんでした）でも、わたしたちが泊まったのは最高級のホテル、タージ・マハルでした。インド門の前にあって、部屋からは海が見渡せます。ボンベイにいるのは三日間で、巨大な石彫りの象があるエレファンタ島にも行く予定でした。着いたのは夜だったので、ホテルのまわりがどんな景色なのかはわかりません。東京からデリーに飛んで数日を過ごし、国内線でボンベイに飛んだわたしたちはかなり疲れていました。機内食で夕食をすませ、あとは一行四人がそれぞれの部屋にこもってしまったのです。

「今日は市内観光をします。駅やビーチなど、見るところがたくさんあります」

朝食をすませてロビーにいると、ガイドが来て言いました。

「バスはホテルを出て右へ百メートルほどのところに止まっています」

集合時間を決めてガイドが立ち去ると、一行はでかける用意をします。あらためてロビーに集まり、四人並んでホテルを出たところで歩けなくなりました。三十人を超える物乞いにかこまれてしまったのです。ぼろをまとった垢じみた人の群れは、何をするわけでもありません。だまって手をのばすのです。

「走って逃げる?」

「わたしたちが走れば、かれらも走るわよ」「お金をあげる?」

「それは駄目。ひとりにあげたら最後、何十人にもあげなければならなくなって、財布がからになると、カプールさんに注意された」「だまって歩こう。百メートルの辛抱だ」

速足で進みながらも、物乞いを観察しないわけにはいきません。両足がないので、手作りの乗り物に乗っている人がいました。三十センチ平方の板に、スーツケースについている車をつけた乗り物は便利で、どんなに狭い路地でも入って行けそうです。両手がない人は、首にさびついた空き缶を吊るしていました。赤ん坊を抱いた女性もいれば五つか六つの男の子もいます。ぞろぞろとついてくる物乞いをしたがえてバスにたどりつくと、急いで乗りこみました。

「ボンベイの物乞いは勤勉なのかしら、どこまでもついてくるなんて」

話しかけると、ガイドが言いました。

「仕事だからね。タージ・マハルに泊まるのは大金持ちだ。ずっとついて行けば、うざったくなって百ルピーくれるかもしれないと考える」

「ひとりにあげたら、何十人にもあげなければならなくなると聞いたけど」

「それはないよ。あげるかあげないかはあなたが決めることだ。ひとりだけにあげて、あとの物乞いは無視してもかまわない」

「物乞いからぬけだして、ほかの仕事につこうとは思わないのかしら」

「思わないだろうね。物乞いは、人から金を恵んでもらうことしか考えない」

そんなものかしらと思っただけで、ガイドとの物乞い談義はおしまいになりました。

夕方、戻ってきたホテルの周辺は森閑としていました。物乞いはもちろんのこと、歩いている人もいません。

「インド人はタージ・マハルに泊まらないしみやげものも買いません。外国人観光客は泊まりますが、みやげものならホテルに揃っているので、外に出る必要がないのです」

フロントマンが言い、手ぶらで散歩に出た仲間も言いました。

「ほんとうにひと気がないんだよ。朝の物乞いはどこに行ってしまったんだろう」

不思議でした。

次の朝も、仲間は偵察に出かけました。通りはしんとして、誰もいなかったと言います。ところが、ホテルを出たとたん、昨日と同じことがおこったのです。どこからともなく湧き出た物乞いが、わたしたちをかこんだのでした。

「アンデルセンのお母さんも物乞いだった」

黙々と歩きながら思いました。極貧の家に生まれたお母さんのアンネ・マリーは、幼いときから物乞いに出されたのです。町に行ったものの、「どうかお恵みください」と言うことも、通行人に手を差し出すこともできません。ぼろぼろの、家とも言えない家に戻ることもできないのです。お金をもらわずに帰ったら、飲んだくれのお父さんにひどくぶたれるからでした。

「ボンベイの物乞いは、アンネ・マリーより幸せだ」と思いました。真冬でも凍えることがないから、道端で眠ることもできます。デンマークの冬は、サリーやパジャマ一枚では過ごせません。

「アンネ・マリーは裸足で歩かなければならなかった。どんなに冷たかったことだろう」

考えているうちに、バスに着きました。三日目も、アンネ・マリーを思いおこしながら、わたしは物乞いから逃れたのでした。

人が湧いてくる経験は、もうひとつありました。デリーから夜行列車でジャイサルメールに行き、そこから砂漠目がけて車を走らせていたときです。一本道には人影もなく、家一軒もありませんでした。砂地がひろがっているばかりだったのです。ぽつんとあらわれたのがトラックの運転手が立ち寄る食堂でした。粗末な木の椅子とテーブルがなげだされているような店で、お昼の時間が過ぎたせいか客はいません。

「チャイを飲んで行こう」と、店に入りました。つくってくれたのは少年です。

「学校はもう終わったの?」

小学校の低学年にしか見えない少年にたずねると、食堂の手伝いが忙しくて学校には行っていないと言います。読み方や書き方よりも先に、少年が習ったのはチャイの作り方だったのです。

「おいしかったよ、ありがとう」

お代を払うついでに、写真をプレゼントしました。ポラロイドカメラからあらわれた写真を見て、少年が目を丸くします。

「これがぼくの顔?　ずっと写っているの?消えることはないんだね、凄いや」

写真に見入っている少年のまわりに、人の山ができていました。家もなく人もいなかったのに、いきなり人が湧き出してきたのです。おじいさんもおじさんも若者も、カメラを持つ友人に手をのばしていました。わたしの写真も撮ってくれというのです。

「ごめんなさい。あれが最後のフィルムだったんです」

友人は嘘をついて、足早に車へ戻ります。一緒に足を早めながら、おどろきでいっぱいでした。

「あの人たちは、どこからあらわれたんだろう」

「誰もいなかったのに、どこでぼくがポラロイドカメラを使うのを見ていたんだろう」

わかりません。インドでは道にも砂漠にも目がついていて、「お金持ちがきたよ」「見たこともない道具で写真を撮ったよ」と、人びとに知らせるのかもしれません。

飲めない飲料水

数年前から、飲むための水を持ち歩くようになって、キッチンには大型の飲料水用ボトルを置くようになりました。が、日本の水道水は飲んではならないものではなく、飲んでも安心な水です。デンマークでもタイでも、水道水を飲むことはなく、ホテルの部屋にはサービスの飲料水が置いてありました。

インドでも、水道水は飲めません。シャワーはＯＫですが、おなかが心配な人は口をきつく結んで、水が入らないようにしなければなりません。歯磨きにもボトル入りの飲料水を使います。

用心に用心を重ねて、レストランで出されたフルーツまで飲料水で洗っていたのに、おなかをこわした人がいました。部屋で酔っ払って、冷凍庫にあった氷をウイスキーに入れたのです。氷は水道水でつくられていました。部屋に飲料水を置くサービスはないので、でかけるたびに買わなければなりませんでした。インドの飲料水を疑うようになったのは、スーパーで買おうとしたボトルが原因です。手にとったボトルの栓が、開けてありました。水は入っていましたが、飲料水ではないかもしれないのです。

「なぜ、こんなことをするの？　のどがかわいていたので、店にあったものに手をのばしてしまったまではわかるけど、なぜ空っぽのままにしておかないの？　飲料水の替わりに入れたのは何？」

考えてもわかりません。それからは、水を見るたびに首をかしげました。水道水を煮沸すれば飲めるので、レストランには、ボイルドウォーターと書いた水が置いてあることがあります。

「ほんとうに煮沸したのかしら。煮沸したと書いてあるだけで、水道から汲んだだけの水かもしれない」

そう考えると、飲むことができません。

日本でレストランやカフェに入ると、まずグラス入りの水がサービスされます。どんな水なのか考えることもなく口にしていました。水道水でも飲めるから、出された水を疑うことなどなかったのです。

インドのレストランでも、「お飲みものは？」と聞かれます。「飲料水を」と答えればグラス入りの水が出てくるのですが、飲むことができません。正真正銘の飲料水である証拠がないからでした。

ガイドブックには、水についての注意書きが載っています。「水道水は飲まない方がいい」など、簡単なものでしたが、インドについては細かに書かれていました。

「ボイルドウォーターとされていても、しっかりと煮沸されているとは限らない」「飲料水を買うときには、栓が開いていないか確認すること」などです。ガイドブックに書かれるくらいだから、飲料水のボトルを手にして、「あれっ」と思った人がたくさんいるのでしょう。

南国のフルーツをたっぷりとつかったフルーツジュースも、ヨーグルトを薄めたインド独特の飲みものラッシーも魅力的でした。けれど、水も氷もつかっているので、ためすことはできなかったのです。

「水分なら、水以外のものからもとれる」

水に気をつかいすぎて疲れたころ、やっと思いつきました。飲まなければいいのですが、とにかく暑いのです。水分をとらなければ病気になってしまいます。思いついたときから、朝も外を歩くときの飲みものもビールになりました。ジュースやコーヒーもあったのですが、甘いので一日中飲んではいられません。唯一甘くない飲みものがビールだったのです。そのせいで、インドにいるときのわたしは、いつもほろ酔いでした。

「水さえも安心して飲むことができない国へ、どうして行かなければならない？」

インドからタイに戻ると、ベンジャが不思議そうにたずねます。空港で出迎えてくれた彼が、真っ先に差し出してくれるのはきりりと冷えたミネラルウォーターでした。水に飢えていたわたしは、のどを鳴らして久しぶりの水を口にするのです。

ほかにも、ベンジャには理解できない持ちものがありました。鍵とぼろソックスです。最高級とされるホテルにも、セーフティボックスがない場合があります。人混みを歩くとき、貴重品は持って行かない方がいいので、スーツケースに入れて部屋に残しました。鍵をかけたスーツケースを、持参した鎖と錠前でテーブルにつなぐのです。大きくて重いテーブルにつないでおけば、持ちだされる危険もないと考えてのことでした。ベッドメイクや掃除をするために入った従業員が、盗みなど露ほども考えていない人だったら気を悪くすると思いましたが、貴重品を失うよりずっとましです。

ぼろソックスは、寺院を見学するときに使いました。寺院に入るときには、靴をぬがなければならないのです。床には、油とも汗ともつかないものがこびりついていて、気持ちが悪いのです。ソックスには得体の知れないものがついてべたべたになりました。洗うのも気持ちが悪くて、捨てるほかありません。二重履きした外側のソックスを捨てていたのです。

「インドに行くので、捨ててもいい靴下をちょうだい」

旅に出るときには、友だちに頼んでよれよれのソックスをもらい受けました。インドは若いときに行け、というのはほんとうです。若さには、どんなものでも受け入れる力があります。粗末な木のベッドだけが並んでいる安宿に泊まって、汗まみれで何日も過ごすこともできます。水道水を飲んで、おなかを悪くしても、一日横になっていれば回復できるのです。泥棒に立ち向かう体力も、あくどい物売りと喧嘩する気力もあります。でも、わたしがインドに行ったのは四十歳を過ぎてからでした。若いころは、デンマークにしか目がいかなかったのです。若さはそれほど長持ちしません。リュックひとつで歩きまわって、できるだけ安い宿を探しては泊まっていたのに、少しずつ贅沢が身についてしまったのです。しっとりと落ち着いたたたずまいのロビーや清潔にととのえられた部屋、きめこまかなサービスを受けられるホテルの快さを知ってしまうと、昔には戻ることができませんでした。「おばさんにはおばさんのインド旅行がある」とうそぶいて、インドに行きました。おばさんになっても、見たいものがたくさんあったからです。盗人にも水にも脅えながら、見たかったのはインド独特の建築物や手仕事でした。

壮大な贈りもの

「タージ・マハルとハワ・マハルだけはどうしても見てほしい」

カプールに言われるまでもなく、ふたつの建造物はわたしの心を動かしていました。

タージ・マハルがあるアグラまで、デリーからバスで四時間かかります。いつものように、ガイドとドライバーを連れての旅で、一行は五人でした。

「あれがタージだ」

川のほとりにたたずむ純白の建物は、遠くからでもよく見えます。堂々とした入り口をぬけると、何回となく写真で見たタージ・マハルが目の前にあらわれたのでした。まっすぐにのびる掘り割りの行き止まりにそびえるタージは、まばゆいばかりの白さでした。近づくにつれて、病的なまでに左右均等であることがわかってきます。

「なぜ、これほどまでに白く、これほどまでにシンメトリーなんだろうか」

感嘆しないではいられませんでした。タージ・マハルは、ムガール帝国の五代皇帝だったシャー・ジャハーンが、愛する妃ムムターズ・マハルのためにつくったお墓です。ムムターズが亡くなったのは一六三一年、タージが完成したのは一六五三年とされているので、二十二年の歳月をかけたことになります。シャー・ジャハーンの在位は一六二八年から一六五八年ですから、そのほとんどをお墓作りに費やしたことになるのです。使われたのは世界中から集められた美しい石や宝石、建設のために働く職人も世界の各地から呼び寄せられました。かかったお金は天文学的で、帝国がかたむいてしまうほどでした。そのせいかシャー・ジャハーンは皇帝の地位から引きずり落とされてアグラ城に幽閉されてしまったのです。幽閉したのは息子のアウラングゼーブでした。

「アウラングゼーブは父の柩をムムターズの隣りに置いた。皇帝の地位を奪って幽閉したけれど、シャー・ジャハーンとムムターズに通う愛は認めていたんだ」

「これほどまでの費用と年月をお墓にかけたなんて、庶民のわたしには信じられない。どれほど美しく、貴いものをつくったとしても、死んでしまったムムターズには見せることができないのよ」

「つくっているあいだずっと、シャー・ジャハーンはムムターズを思っていた」

「川の対岸に、黒いタージをつくる計画もたてていたそうだよ。白と黒のタージは橋で結ばれる」

「ピラミッドとタージ・マハル、どっちが世界一凄いお墓なんだろうか」

感想を言い合いながら一行は歩き、わたしは両親の墓所を思い浮かべていました。弟が、墓所を探して東奔西走したのは半年前の夏です。予算に見合う墓所に出会うまで二か月かかりました。ようやく購入する決心をしたのは二メートル四方にも満たない土地で、三人の子供たちそれぞれが暮らしているところからはかなり離れている上に、交通の便もよくないところでした。

「お父さん、お母さん、こんなお墓しかつくれなくてごめんなさい。遠いので、わたしたちがお参りにくることもたまにしかできないと思います。どうか許してください」

納骨をすませた三人が手を合わせました。両親の墓所が、タージ・マハルとはくらべものにならないのはもちろんです。子供たちは両親を愛していましたが、お墓をつくったのは愛のためよりも義務感からでした。いつまでも遺骨を弟の家に置いておくことはできない、早く安置してあげなければと、三人が思っていたのです。

「帝国の皇帝だったからこそ、つくることができたお墓には違いない。それにしても、愛にはとてつもない力がある」

つぶやきながら、タージ・マハルをあとにしました。

もうひとつの建造物ハワ・マハルは、ラジャスタン州のジャイプルにあります。デリーからは空路で一時間、石造りの天文台がある都市としても知られています。

ハワ・マハル（風の宮殿）は、一七九九年にプラタップ・シン王がつくりました。シャー・ジャハーン同様、愛する妃のためにつくった建造物です。バザールの大通りに面しているこの建物も、ひと目でそれとわかりました。からからに乾いた空気の中で、紺色にちかい空にそびえたっていたのです。

「これが宮殿なの？　屋根もなければ部屋もないのに」

わたしたち一行は首をかしげました。濃いピンク色の砂岩でつくられた五層の建造物は宮殿というより一枚の壁だったのです。みごとな彫刻を施したテラスと窓がぎっしりと並んで、道行く人を見下ろしていました。

「風が見たい」と言ったのは、若くて美しい王妃です。童話そのままに、王は国じゅうの知識人を集めて会議を開きました。

「揺れている木の枝に、風がいます」

「木の枝を見ることで、風のありかはわかる。しかしそれは、風を見たこととは違う」

「わたしのヒゲは、風の通り道になります。そよそよとなびくので、風を感じるのです」

「感じるのは、見ることではない」

「洗濯物を乾かすのは風です。からりと乾いた衣類に、風の香りが残っています」

「衣類に残るのは、風の香りだけではない。太陽の強烈な熱や、タール砂漠から運ばれる砂も残っている。わたしたちが見るのは、衣類と砂だけで、風ではない」

議論の果てに、結論を出したのは建築家でした。

「風をためておく宮殿をつくればいいのです。無数の窓から入ってきた風は、宮殿の中にたまってひとときを過ごしたあとで出ていくでしょう。入っては出ていく風を、王妃は必ず見ることができます」

会議から数年後、ジャイプルの町に突然あらわれたのがハワ・マハルだったのです。休むための部屋もなく、雨宿りできる屋根もない宮殿で、王妃が風を見たかどうか伝えられてはいません。

「たくさんの窓は、貴夫人たちが外の光景を見聞きするためにつくられました。バザールから聞こえる騒がしい声、大きな壺を頭に乗せて歩く女たち、行進する兵士、ケンカと交尾に夢中になっている犬の群れ・・・王妃も貴夫人も、さまざまなものを楽しんだのです。姿を見られていないので、交尾する犬に興味津々で目をこらすこともできました」

ガイドの説明です。

「それが、風を見たことになるの？」

「声や人や動物が、王妃にとっての風だったのでしょう」

そんなものかもしれないと思いました。王たちがつくった壮大な贈りものは、世界中からの観光客を集めています。数えきれないほど多くの人たちが、あっけにとられて、インドの不思議に見とれていました。

「風？」

背中に気配を感じて調べると、乗っていたのは小さな猿でした。

七年のあいだに十七回、インドに行きました。デリーからジャイプルとアグラに行く五日間の旅、ジャイプルからジャイサルメール、ウダイプルをめぐる七日間の旅、南インド沿岸をまわる六日間の旅などです。

「デリー、ジャイプル、ジャイサルメール、ウダイプル、アグラをめぐって十四日間の旅にしたら？　成田、デリー往復一回分の航空運賃が浮くから経済的」

カプールの言う通りです。仕事を繰り上げたり繰り下げたりすれば、二週間の旅をすることができました。けれど、インドで六泊以上することが、わたしにはできなかったのです。デリーには何回も行ったことになるのですが、好きにはなれませんでした。理由は疲れるからでした。

インドを意識したのは三歳か四歳のころです。近くに子供心にも美しいと思わずにいられない女性が住んでいました。

「あのひとはアイノコなんだよ」

年上の子たちが言うので、意味もわからないまま、わたしは女性をアイノコさんとよんでいたのです。ぬけるように白い肌のほかは髪の毛も目も黒い人で、上品な日本語を話しました。

「ビスケットを焼いたからいらっしゃいな」

誘われると、四、五人の遊び仲間がアイノコさんの家にあがりこんだのです。部屋にはふかふかのじゅうたんが敷き詰められて、テーブルの上にはビスケットを盛った大皿がありました。紅茶をいれてくれたのは、白いエプロンをつけたお手伝いの女性です。アイノコさんはソファに座って、わたしたちと目が会うたびににこにこしていました。わたしたちは、心ゆくまでビスケットをいただきました。チョコレートやハッカ、バニラの香りをたたえたビスケットは、何とも言えないおいしさだったのです。

「あれは何?」

目にとまったのは壁にとめてある濃い朱色の布です。縁取りは黄金の糸で、クジャクや象、花や踊り子などが絞り染めされていました。

「インドのお姫様のベールよ」

ほほえみながら、アイノコさんが答えます。わたしはたちあがって、しげしげと布を見つめました。

「なんてきれいなんだろう。この布がほしい」

生まれて初めての欲望です。

「インドのお店に行けば、いくらでも売っているのよ」

教えられて思い描いたのは、ずらりと並ぶ店でした。きらびやかな布でいっぱいの店で、客を待っているのは、アイノコさんに似たお姫様です。深々とかぶったベールをそっとあげて、お姫様は客を探していました。

「大人になったら、インドに行く」

しっかりと決めたのです。

小学生になる前に引越したので、アイノコさんに会うことはなくなりました。ビスケットの味もアイノコさんの姿も忘れていきましたが、インドと美しい布だけは心に残っていたのです。

大人になったわたしは、インドへの旅をくりかえすようになりました。インドに行くと決めたときはわくわくして、出発の日を待ちかねます。ところがインドに着くと、帰りたくてたまらなくなるのです。「来なければよかった」とつぶやきながら旅をしていました。

数々の神殿や寺院、遺跡、砂漠、さまざまな民族がつくりだす布や刺繡、信じられないほどこまやかなぬいとりのあるブラウスやサリー、マハラジャが暮らす城やガンジス川で沐浴する人びと・・・行ってみたいところは山ほどあり、手にとってみたいものも手に入れたいものもたくさんあったのです。でも、インド航空機に乗ったとたん、がっかりしてしまいました。迎えてくれるCAの女性たちが、仏頂面をしているからです。日本でもアメリカでも、タイでもインドネシアでもデンマークでも、CAの女性たちはこぼれるばかりの笑顔でした。「何が気に入らなくて、そんなに嫌な顔をしているのよ」と文句をつけながら座席に着いたあとも、楽しい気分にはなれません。女神のように美しいのに、「水ください」と頼んでも返事ひとつしない、呼んでも来ないCA女性にうんざりするのです。

「インド航空のCAをつとめるのは最高に高貴な家柄の女性なんだよ。何人もの召し使いにかしづかれて育った彼女たちは、だれかにサービスすることを知らない。CAとしての教育を受けても、いざとなると忘れてしまうらしい」

カプールが弁護しましたが、気分が良くなるわけでもなく、インド航空機を避けるようになりました。うんざりの次に味わうのは激しい疲れです。空港を出たとたんに、のしかかってくるような人の群れに疲れ、飲み水を探すことに疲れ、野菜や果物をミネラルウォーターで洗浄することに疲れ、部屋の鍵が完璧に作用するかを調べることに疲れと、ほかの国では感じない疲れに襲われるのです。

空港を出て、いちばんの仕事はタクシーに乗ることでした。バスや電車には乗りなれていないし、大きな荷物もあるので、タクシーが便利なのです。

「パレスホテルまでお願いします」

日本でタクシーに乗ると、言います。パレスホテルに行ってください、でもいいし、パレスホテル、だけでも大丈夫、「わかりました」「承知しました」「はい」などと答えて、タクシードライバーは車を発進させます。

インドでは、絶対に「お願いします」と言ってはいけないのです。「◎◎プリーズ」のプリーズは省きます。

お願いした方は下手で、お願いされた方が上手だということを、きびしく意識しなければなりません。お願いされたインドのタクシードライバーは威張った様子になって肩をそびやかし、黙って車を動かすのです。目的地に着くと無言でタクシーメーターを示し、代金を払ってもありがとうは言いません。なぜ、であったとたんに上下関係をはっきりさせる必要があるんだろうと、首をかしげてしまうのですが、何回かタクシーに乗るうちに、見下されていることが嫌になるのです。だからタクシーに乗ると胸を張って、「◎◎に行きなさい」と言うようになりました。「◎◎に行け！」の方がもっといいとおもうのですが、使い慣れない言葉と態度をとることに疲れるのです。

目的地までの道がわからなくて、すれ違う人にたずねたのはインドの旅初歩のころでした。

「博物館に行きたいのですが、道を教えてください」

頼むと、相手はしっかり答えます。

「五十メートル歩くとスパイスショップがあるから、そこを右へ曲がる。しばらく行って公園をつっきると博物館だよ」

お礼を言って歩き出すのですが、いくら歩いてもスパイスショップも公園もないのです。

「ちょっと先のホテルのとなりだよ」

もうひとりに聞くと、全然違う場所を教えられます。

「地図を持ってるから見て」

ガイドブックを見せると、横にしたりひっくりかえしたりしてから、右手で目をなぞった人がいました。「字が読めない」というしぐさです。びっくり仰天したわたしは、口もきけなくなりました。インドの識字率がかなり低いことは聞いていましたが、まさか自分が、非識字者に遭遇するとはおもわなかったのです。「読み書きできない人が、ほんとうにいたのだ」と、奇妙に感心してしまいました。

「字が読めない人と読める人を、どうやって見分けたらいいのかしら」

考えていると、ひらめいたのです。

「両替所か銀行から出てきた人！」

お金を交換したり預けたりおろしたりするためには、書類を書かなければなりません。読み書きができる人でなければ、両替所や銀行とつきあえないのです。

本に関係する者として思いつくのは、出版社や新聞社です。読むものをつくる仕事をしている人なら、字が読めるに決まっています。けれど、出版社や新聞社がどこにあるのかわかりません。銀行や両替所なら、どこにでもありました。

「両替所はやめておこう」

編集者とわたしが、同時に言いました。ごまかされたことを思いだしたからです。三千ルピーを両替したときでした。インドの旅で大金が必要になることはありません。ホテル代や航空運賃は支払い済みなので、必要なのは食事と飲み物代くらいです。二十ルピーだったり七ルピーだったりの支払いに千ルピー出すわけにはいきません、たいていの店に、お釣りがないからです。

「百ルピーと五十ルピーに替えて」

千ルピー紙幣を三枚渡して、返されたお金を数えましたが、二百ルピー足りないのです。

「二百ルピー足りないよ」と言うと、係りの男は「あんたの数え方が悪い」と言い返します。

男が百ルピー紙幣を二枚抜き取ったとしか考えられないのに、インド人ガイドは何も言いません。

数え直しているうちに、男は姿をかくしてしまいました。逃げたのです。男を追う時間もなくて、腹立たしいままに両替所をあとにしました。

「二百ルピーは日本円にしたら三百円か、みみっちい盗みだよな」

「インドでは、みみっちくないわよ。二百ルピーあったら最高級レストランのディナーが食べられるんだから」

ぶつぶつ言いながら二百ルピーをあきらめましたが、後味は良くありません。クビにこそしなかったものの、ガイドと口をきくこともしなくなりました。

「銀行に出入りするのはスィク教徒」

思いつきました。教養が高く、軍や運輸関係、商業をとりしきっているのがスィク教徒です。特徴のあるターバンを巻いて立派な髭をたくわえている彼らは、読み書きも計算も得意なのです。それからは、道に迷うと銀行に入りました。何を聞いても誠実に答えてくれたのがスィク教徒だったのです。

列車の予約をしたのに座席がない。乗せたスーツケースが行方不明になる。航空機は定刻に離陸しないどころか、遅れに遅れたあげくにキャンセルされる。次の便はどうなっているのか、たずねようにも係りの人間がいないなど、不愉快なことが必ずおこるのがインドでした。でも冷静に考えてみれば、不愉快なことも発見だったのです。乗客へのサービスなど考えてもみないCA女性がいる航空機も、発見のひとつでした。不愉快などどこ吹く風になってしまったのが、手仕事です。手織りの布や染めや絞り、みごとな刺しゅうにも圧倒されました。昔、アイノコさんの部屋で見た絹のストールを見つけることもできたのです。濃いピンクに黄金のふちどりをして、象やクジャクや花を絞り染めしたストールは宝ものになりました。四人の職人が七日かけて仕上げた刺しゅうのベッドカバーも部屋できらきらしています。ぬいとられた鏡のかけらが、光をうけてはかがやくのです。宮殿ホテルの部屋が広過ぎて、ベルが鳴っているのに電話がどこにあるのかわからなかったこともありました。宮殿ホテルで働いているのは、マハラジャにつかえていた召し使いたちです。お年寄りばかりで、耳が遠くなっている人もいました。「注文は何？」と聞かれて答えるのですが、よく聞こえないのか、わたしの口に耳を近づけます。ターバンにつけられた羽が目に入りそうで、あわてて押さえたものでした。お姫様が身につけていた黄金のアクセサリーのレプリカも発見しました。びっくりしたのは、十七回目の旅でした。ホテルも飛行機も列車も、予約は完璧にとれていたのです。乗り物は定刻通りに発車して、遅れたためしはありませんでした。

ほっとしたわたしは、良い思いでしめくくりたくて、インドの旅を終わりにしました。

ATMもインターネットも普及している今では、予約したのに部屋がとれていないなどの不都合はあり得ません。お金をちょろまかす奴に出くわすこともないでしょう。便利で気分の良いことに違いありませんが、寂しさも感じます。嘘をついたりごまかしたりする人に会うからこそ、旅は面白くなるとも思うのです。

リライト

作家の仕事として、依頼されるのがリライト、童話作家にとっては結構多い仕事です。リライトはrewrite、書き直すことで、名作と謳われる物語を自分なりに書かなければなりません。何回となく、わたしがリライトしたのはH・C・アンデルセンの名作『人魚姫』です。絵本にするための文章、子供向けの雑誌に載せるおはなしなどにリライトしました。

『人魚姫』は、四百字詰めの原稿用紙にすると七十五枚ほどの物語です。絵本にする場合には、十分の一の八枚くらいに縮めなければなりません。海の底のお城で暮らしている人魚姫は六人姉妹の末っ子です。十五歳の誕生日がくれば、海の上に浮かびあがって、外の世界を見ることができました。お姫さまが見たのは、豪華な船で誕生日を祝っている人間の王子だったのです。王子が大好きになってしまったお姫さまは、船から離れることができません。いつまでも見ているうちに、嵐がやってきました。船は沈んで、王子は海に投げ出されてしまいます。お姫さまは王子を助けて荒れ狂う海を泳ぎ、砂浜に寝かせました。朝がきて、王子を見つけたのは隣りの国の王女です。海の底に帰ったお姫さまは、王子のそばで暮らしたいと願って、人魚のしっぽを人間の足に変える決心をしました。足をもらう替わりに、お姫さまはきれいな声を失ってしまいます。

「誰なの？　どこからきたの？」

愛する王子に見つけられてたずねられたとき、お姫さまは答えることができません。

「あなたが好きだから、海の底の暮らしも家族も捨ててきたのです」と言いたいのに、声は出てこないのです。

王子は、お姫さまを妹のように可愛がりました。でも、結婚の相手に選んだのは、隣りの国の王女だったのです。王子と結婚できなければ、お姫さまは海の泡になって溶けてしまいます。

「王子を殺しなさい。そうすれば人魚に戻って、もとの幸せな暮らしができる」姉さんたちが手に入れたナイフを持って、お姫さまは王子の寝室に入ります。けれど、ナイフを使うことはできませんでした。

「大好きな人を殺すより、泡になってしまう方が幸せだわ」

お姫さまはナイフを捨てて、海に身を投げたのです。体が泡になって溶けていくのを感じましたが、お姫さまは限りなく軽くなって、空高く昇っていきました。

「善いことをたくさんすれば、魂がさずかりますよ」

仲間の空気の精たちが、お姫さまにささやきました。

八百字でなぞった『人魚姫』です。切なくて清らかで哀しい物語を、この四倍の文字数でリライトしなければなりません。あらすじではなく、忘れられないシーンをしっかりと入れなければ、感動が薄くなってしまうのです。「ナイフをにぎりしめた人魚姫がためらうシーンは絶対にはずせない」「前半にある、姉さんたちが見た海の上のシーンは削っても大丈夫だ」などと、考えに考えて、わたしなりのリライトができあがりました。絵本の場合には絵が、物語の内容を語ってくれるので、海の底のお城や、しっぽを足に変えてくれる魔法使いの様子などは省くことができるのです。

ストーリーの全容を書くことができない場合もあります。『若草物語』は名作で、百五十年ほど前に発表されました。舞台はアメリカ、首都からは遠く離れた静かな町はずれです。登場するのはマーチ家のメグ、ジョー、ベス、エミーの姉妹で、さまざまなエピソードが語られます。本好きなジョーが、お隣りの若者ローリーと親しくなるシーン、内気なベスが、ローリーの祖父ローレンスさんに近づいていくシーン、メグの恋やエミーの失敗など、どのシーンもぬくもりと愛に満ちていました。『人魚姫』の十倍も長い『若草物語』のストーリーを追うことは、原稿用紙百枚でもできません。それを十枚にリライトしなければならないのです。

「ストーリーではなくてシーンを書こう」

決めると、リライトはすらすらと進みました。クリスマスの朝、貧しい家族に朝ご飯を運んであげた姉妹のために、ローレンスさんがすばらしいディナーをプレゼントしたシーンを書けばいいのです。一日だけのできごとなので、姉妹の会話も何をしたかも、たっぷりと書きこむことができました。長女らしくしっかりしていて、ぜいたくな服にあこがれるメグ、小説家志望で男の子っぽいジョー、臆病で音楽好きで、優しさのかたまりみたいなベス、ちょっぴりわがままだけどかがやくばかりに美しいエミー、四人の性格もシーンでおこったできごとも変えることはできません。大切なのはリライトを楽しむことで、作家としてのわたしはジョーになりきって『若草物語』を書きました。

「ネズミたちは困っていた。猫がたくさんの仲間を殺すからだ。猫をやっつけることはできないけれど、せめて近づいてくる気配を知れば逃げられる。猫の首に鈴をつけよう・・・ネズミたちは決めたが、誰も鈴をつけに行くものはいなかった」

イソップの『ネズミの会議』です。百字ほどの話を、二十倍にリライトしなければなりません。何をプラスすればいいのか、考えるまでもなく浮かぶのは、会議の内容でした。鈴をつける以外に、どんな案があったのか、それぞれの案を述べたのはどんなネズミだったのかを書くことで、会議の様子が生き生きしてきます。長老のネズミは思慮深く、若いネズミは勇敢だけれど考えは浅い。もうすぐに子供が生まれる雌ネズミや、結婚を控えて浮き浮きしながらも猫を恐れているカップルがいても面白い・・・短い物語を長くすることを「ふくらませる」と言いますが、どこをふくらませるかが『ネズミの会議』の鍵になりました。動物が主人公になっている物語の場合、背景や季節の描写をプラスすることはむずかしいのです。理由は、わたしが人間だからでした。ネズミがどんな場所を好むのか、わたしにはわからないし、わたしが好きな桜の花が散っていく情景をネズミはどう感じるのかもわかりません。でも、猫を恐れる気持ちや鈴をつけたい願望ならわかるのです。だから、会話が多いリライトになりました。

呼び方に苦労したのはグリム童話の『ラプンツェル』です。「もうすぐに赤ん坊が生まれてくる若い夫婦がいました。ある日、おかみさんがチシャが欲しいと言います。お隣りの畑にあるチシャを食べなければ死んでしまうくらいに欲しがったのです。ご亭主はお隣りに行ってチシャをもらおうとしますが、誰もいません。仕方なく、断らずに取ってしまいました。次の日になると、おかみさんはまたチシャを欲しがります。また畑に行ったご亭主を待ち受けていたのは魔女で、盗みを見逃してやる替わりに生まれてくる子供をよこせと言うのです。夫婦に女の子が生まれると、魔女はさっさと連れていきました。年頃になった女の子を、魔女は塔に閉じ込めてしまいます。塔に窓はありますが、出入り口はありません。会いにいくとき、魔女がよじ登るのは女の子が窓からたらした長い髪の毛でした。その様子を見ていたのは若い王子です。王子は女の子を愛するようになって・・・」が、『ラプンツェル』のストーリーです。さほど長い話ではないので、縮めるのに『人魚姫』ほど苦労することはありません。困ったのは、冒頭で語られる夫婦でした。「ご亭主」と「おかみさん」が、小学生以下の子供に理解できるだろうかと気になったのです。わかりやすい呼び名はないかと、何回も読み返してみたのですが、見つかりません。ハンスとマリーとか、名前をつければわかりやすいのですが、元の話とはまるで違う印象になってしまうので駄目です。夫と妻も話の雰囲気には合いません。落ち着いたのが、「だんなさん」と「おくさん」でした。リライトでは、言葉のすみずみにまで、気を配らなければならないのです。

ディズニーの映画作品をリライトしたこともありました。映画のシーンを並べて、絵本に仕立てるのです。映画のストーリーを文章にするのはそれなりに楽しいのですが、大変なこともありました。本なら、必要なページを開いて、何回もたしかめることができます。映画では、ワンシーンだけをストップさせて見ることはできるのですが、五分ほどのシーンだけを繰り返して見るにはどうしたらいいのか、わたしにはわかりません。仕方なく、全編を何回も見ることになるのです。おかげで、ディズニー映画の通になりました。

始めにてがけたのは「白雪姫」です。ディズニー映画のストーリーはグリム童話を踏襲していますが、いたるところにディズニーらしい創造がプラスされているのです。映画を観た人には、白雪姫よりもおきさきよりも、七人の小人が印象的ではなかったかと思います。グリム童話では「七人の小人」とグループでよばれる小人たちが、それぞれの名前を持っているのです。先生、くしゃみ、ねぼすけ、てれすけ、ごきげん、おとぼけ、おこりんぼ、が名前です。名前と性格は通じ合っていて、先生は考え深く、くしゃみはいつもクシャミをしています。ごきげんはダンスの名手で、おこりんぼは白雪姫と仲良くしてくれません。ディズニーは、小人たちそれぞれと白雪姫とのやりとりをみごとなエピソードに仕立てていました。おこりんぼが白雪姫と踊るまでのできごとが、何分もの絵になるのです。七人の小人と書くよりも、エピソードを語る方が何倍も楽しくなりました。

グリムと違うのは、おきさきが死ぬシーンです。リンゴを食べて倒れた白雪姫を見た小鳥たちは、小人たちに知らせます。動物や小鳥は、ディズニー映画には欠かせないキャラクターなのです。小人たちは逃げるおきさきをおいかけ、おきさきは小人たちをやっつけようと大きな岩を投げ落とします。天の裁きなのでしょうか、おきさきは雷に打たれて谷底に落ちて死にました。映画では、戦いのシーンが延々とつづくのです。映画を絵本にすると、四ページか六ページが戦いのシーンになります。たくさんのシーンを文章にするのは、とても大変なことでした。追いかけて逃げて、逃げては追いかけるとか、取っ組み合って戦うなど、手を使ったり足を使ったりと、動きはたくさんの絵になるのですが、文では四百字書くのがやっとだったのです。格闘するように言葉をしぼりだして、ようやく仕上げた戦いのシーンを「よくやった！」と褒めあげずにはいられませんでした。むずかしいシーンに立ち向かうときには、自分に言い聞かせました。「楽しむのよ。書く者が楽しまなければ、読む人は楽しめない」・・・すると、苦労が喜びに変わったのです。

クリスマスが近づくと、リライトするのが『マッチ売りの少女』です。『人魚姫』に並ぶアンデルセンの名作で、多くの作家が文章を書き、イラストレーターが絵を描いています。アンデルセン童話は長い作品が多いのですが、『マッチ売りの少女』は四百字詰め原稿用紙にすると十枚ほど、長くはありません。八枚にリライトする場合、ほとんどのシーンを書くことができます。アンデルセンは、創作のほかに昔話や民話から物語のもとを見つけていますが、『マッチ売りの少女』のもとになったのは現実でした。

「この絵をもとにしておはなしを書いてほしいのですが」と、編集者がアンデルセンに見せたのはマッチの束をにぎりしめている女の子です。幼い日、母親のアンネ・マリーに聞かされた話が、絵と重なりました。

「貧乏でも、おまえは幸せだ」

アンネ・マリーは言ったのです。極貧だったアンネの父は、五歳にもならない娘を物乞いに出しました。「どうぞお恵みください」と、道行く人に手を出さなければならなかったのです。恥ずかしくて辛くて、声も手も出すことができずに、アンネは泣いていました。何も恵んでもらえずに帰れば、父にひどく打たれます。わずかなお金を持ち帰ったとしても、それは父の飲み代に消えるのです。

マッチ売りの少女が町に立ったのは、肌をさすように寒い夕方でした。「マッチを買ってください」と頼んでも、立ちどまる人はいません。ふるえながら、少女はマッチを擦りました。あかあかとともった火の中に、あらわれたのは燃えているストーブです。「あったまれるんだわ」少女は手をのばしますが、マッチの火は消えて、ストーブも見えなくなってしまいました。もう一本、擦りつけたマッチが見せてくれたのは丸焼きのガチョウです。おなかがぺこぺこだった少女は大喜びするのですが、ごちそうも消えました。ロウソクの光りをいっぱいにともしたクリスマスツリーも消えて、星が流れていきます。そしてあらわれたのは、亡くなったおばあさんでした。「どうか消えないで、おばあさん。わたしを抱いて、あなたの国へ連れていってください」

ありったけのマッチを擦った少女は、おばあさんに抱かれて天高く昇っていきます。寒さにも飢えにも苦しむことがない、打たれる恐ろしさや痛みも感じなくてすむ国へいってしまうのです。新しい年の朝、人びとが見たのは女の子のなきがらとマッチの燃えさしでした。

『マッチ売りの少女』をリライトしたとき、わたしが省いたのは少女が町に向かうシーンです。少女は木靴を履いていたのですが、大きすぎて脱げてしまいました、というシーンを書かなかったのです。そのシーンだけ削れば、決められた文字数でリライトすることができるからでした。

リライトを依頼されたときには、必ず作品を読み返します。『人魚姫』は、何十回読んだかわかりません。ストーリーは暗記しているのですが、でも読み返します。『マッチ売りの少女』にしても、読み返すことであらわれるものたちの順番をたしかめることができるのです。作品に書かれたマッチが箱入りではなく、箱に擦りつけて発火させるものでもないことが、読み返すことでわかりました。「少女はマッチの束をにぎりしめていて」「その一本を壁に擦りつけた」と書いてあるからです。箱に擦りつけて発火させるのは安全マッチとよばれるもので、壁に擦りつけると発火するのは摩擦マッチです。アンデルセンの時代に、安全マッチはまだ作られていません。だからマッチを壁に擦りつけました。そんな、こまかいところにも気を配らないと、優れたリライトはできないのです。

リライトは、童話作家を目指す人にとっても大切な仕事になります。そして、名作を繰り返し読むことで、優れた童話や物語がどんなものか、心に深く刻みこまれるのです。

キャラクターとストーリー

「おはなし」は、キャラクターとストーリーで構成されています。キャラクターは登場人物で、ストーリーには、おはなしが繰りひろげられる時代や場所、アイテムなどがふくまれます。キャラクターもストーリーも優れていればいるほど、上質のおはなしになるのです。日本最古の物語『竹取物語』は、千年以上前につくられたとされていて、作者は不明ですが、キャラクターもストーリーもしっかりとできあがっています。主人公のかぐやひめは、竹の中にいた女の子で、三か月たつと世にも美しい娘になってしまいました。山ほどの求婚者から、かぐやひめが選んだのは五人の貴公子です。「仏の御石の鉢」「蓬莱の玉の枝」「火鼠の皮衣」「龍の首の玉」「燕の子安貝」が貴公子に与えられた難問でした。かぐやひめは、どれかを持ってきた人と結婚すると言うのです。この世のどこにもないものを持ってくることはできずに、男性たちは破滅の道をたどりました。帝の求婚さえもしりぞけて、かぐやひめはふるさとの月へ帰ってしまうのです。

わたしは、『竹取物語』を好きで読んだわけではありません。高校生のとき、古典の授業で勉強させられて、仕方なく読んだおはなしでした。けれど、はるか昔につくられたキャラクターとストーリーのみごとさにびっくりして、今も忘れられないおはなしのひとつになっています。

成立が似ているのは『ピーターパン』と『アリス』でしょうか。一八六〇年にスコットランドの小さな村で生まれたジェイムズ・バリーがピーターパンを創造したのは一九〇四年の年末です。物語のもとになったのは、シルビア・ディビス夫人と三人の息子たちでした。ケンジントン公園の近くに住むようになったバリー夫妻は散歩に出て、ディビス夫人と知り合いました。夫人には、ジョージ、ジャック、ピーターと名づけられた男の子たちがいたのです。男の子たちはジェイムズの親友になって、次つぎと遊びを考えだしました。妖精ごっこにインディアンごっこ、海賊ごっこ・・・「おれかおまえか、おまえかおれか、生き残るのは、どちらかひとりだけだぞ」男の子のひとりが剣をふりかざし、すっかり大人になっていたジェイムズは、海賊フックになりきって戦ったのです。五年が過ぎて男の子たちはごっこ遊びから遠ざかり、残されたのはジェイムズだけでした。「右へ曲がってふたつめの通りを、朝までまっすぐ」行ったところにあるネバーランドを、ジェイムズはおはなしのステージにしました。ウェンディのモデルになったのは、しとやかで優美だったシルビア夫人ですが、ピーターパンは夫人の息子ピーターではなく、大人になっても海賊ごっこをやめることができなかったジェイムズその人だったのです。

『ふしぎの国のアリス』は一八六五年に出版されました。作者はルイス・キャロル、本名チャールズ・ラトウィジ・ドジスンです。一生を独身で過ごした数学教授、ドジスン先生が愛したのは少女たちでした。一八六二年七月、ドジスン先生は友だちと一緒にテムズ川でボート遊びを楽しみました。同じ大学につとめるリデル先生の娘たちもボートに乗っていました。暑い日で、ボートを漕ぐことに疲れた一行は岸にあがって休みます。そんなとき、女の子たちがせがんだのでした。

「ドジスン先生、おはなしして」

先生は始めます。

「アリスは何もすることがないので、とても退屈になってきました・・・」

アリスは、女の子たちのひとりアリス・プレザンス・リデルで、当時は珍しかった写真に写されています。撮ったのはドジスン先生でした。著名人の肖像写真を撮る先生は、カメラマンでもあったのです。ロンドンにある住まいにはガラス張りのスタジオがつくられていました。客間には人形のコレクションがずらりと並び、機械仕掛けのおもちゃやオルゴールもたくさんありました。飛んだり走ったりするクマやウサギ、コウモリなどはどれも、女の子たちを喜ばせるためのものだったのです。ドジスン先生は連れてきた女の子の写真を撮りました。先生はまさに、ロリータコンプレックスだったのです。だからこそ、『ふしぎの国のアリス』を完成させることができました。気まぐれな女の子を相手にしたおはなしは、目まぐるしく変化していきます。どこまでもどこまでも落ちていったり、大きくなったり小さくなったり、いきなり裁判にかけられて首切りの刑を宣告されたりと、息つく暇もないくらいでした。とにかくストーリーにひきつけられて、読み進めずにはいられないのです。言葉遊びの面白さも、アリスでなければ味わえないものでしたが、原語でないとよくわかりません。

賢くてまじめで前向きなアリスのキャラクターはもちろん魅力的ですが、わたしにとって最も気になったのはチェシァ猫でした。「にやにや笑いだけを残して消える」という猫がどんなものか、ジョン・テニエルの絵をたしかめたのですが、描かれていたのは歯をむきだして笑っているように見える猫の頭部です。にやにや笑いだけを残すってどういうことなのか、いまだに解明できていません。そのせいで、チェシァ猫のキャラクターがいっそう気になります。

おはなしが語られる場所について、まず思い浮かぶのは『銀河鉄道の夜』です。登場するのはジョバンニとカムパネルラですが、わたしは、ふたりのキャラクターを正確につかむことができずにいます。ジョバンニは学校に行っているのですが、まっすぐに家に帰ることはなく、活字拾いのアルバイトに急ぐのです。カムパネルラはジョバンニの同級生で、「お母さんが幸せになるのなら、どんなことでもする。でも、どんなことがお母さんにとっていちばんの幸せなんだろう」と考える少年です。ふたりが乗ったのが銀河鉄道を走る列車でした。透明で華麗で、まばゆいかがやきに満ちあふれた幻想世界は、読者をとりこにしてしまいます。おはなしの最後で、カムパネルラは水死するのですが、ジョバンニは一目散に走っていってしまいます。読み返しても読み返しても、わたしはストーリーをまとめることができません。ひとつだけ、理解できるのはジョバンニとカムパネルラが、「みんなのほんとうのさいわいをさがしに、どこまでもどこまでも僕たち一緒に進んで行こう」と誓うシーンの崇高さです。この言葉は、農民の生活向上をめざして働きに働き、三十歳代で病に倒れた作者宮沢賢治の生き方に重なるのですが、「わたしのほんとうのさいわいをさがす」ことはできても、「みんなのほんとうのさいわいをさがす」ことは、わたしにはできそうもないのです。ピーターパンがジェイムズその人だったように、ジョバンニは宮沢賢治だったのだと思います。

童話の登場人物になると、おはなしが長くないせいか、ずっとわかりやすくなります。アンデルセンの名作『人魚姫』も『みにくいあひるの子』も『親指姫』も『しっかり者の錫の兵隊』も、時代と場所を超越しているのです。いつ、どこで語られても通用するおはなしが、童話でした。昔話や伝説にもとづいたおはなしをまとめたのはグリム兄弟でしたが、『グリム童話』の中には恐ろしいキャラクターも登場します。『青ひげ』がそれで、次つぎと結婚しては新妻を殺してしまう男の話でした。男が、なぜ妻を殺したのかは語られていません。『青ひげ』でわたしが学んだのは、開くなと禁じられたドアは必ず開かれることでした。パンドラは禁じられていた箱の蓋を開いて、浦島太郎は玉手箱を開けます。日本昔話『うぐいすの里』では、美しい屋敷に迷いこんだきこりが、見てはならないと禁じられた部屋を見てしまいました。禁止を守っていたら、おはなしは先に進まないし、展開もしないことがわかりました。

アイテムの最高峰は魔法のランプ、アラビアンナイトに登場するアラジンの持ちものでした。アラジンは貧しくて怠け者の若者でしたが、魔法のランプを手に入れたことで生活も性格も変わっていきました。こするたびにあらわれる魔物が、願いの全てを適えてくれるのです。ごちそうなどはお茶の子さいさい、宝石に召し使い、金銀の食器や馬、きらびやかな宮殿まで我がものにしたアラジンは、皇帝の姫君と結婚しました。魔法のランプがあったからこその大出世です。

そしてわたしが、最高に愛しているのが『人魚姫』と『小公女』の主人公でした。子供のころに読んだときから今日まで、ふたりはいつも、わたしと共にいます。人魚姫のようにだれかを愛して、その人のために死にたいと、何度願ったことでしょう。けれど、わたしが生まれたのは海の底にあるお城ではなく、高貴な姫でもなかったのです。美しいしっぽも持っていなければ声に恵まれてもいません。「王子さまに恋をして、泡になって溶けることはできない」とつぶやいて、人魚姫になることはあきらめました。その替わりのように見つけたのがセーラだったのです。どんなときにも心は気高くもって、悪口は言わないセーラを真似て、いろんなことを良い方へと考えるようになりました。贔屓している彼女がどん底の暮らしにも耐えて、屋根裏で見つけた豊かなものに拍手を送り、物語りの最後で迎える幸福にため息をつきました。作者のバーネットが、キャラクターをつくる名手であることもわかったのです。

セーラと正反対のキャラクターがミンチン女史、お金持ちには平身低頭してこびへつらい、貧乏人は徹底的に忌み嫌います。大金持ちから一文なしに転落したセーラは、ミンチンにいじめぬかれ、あざけりの限りをあびせかけられました。ミンチンを創造しなかったら、セーラの気高さがあれほど際立つこともなかったと思ってしまうのです。

童話作家になった人も、これからなろうとしている人も、キャラクターとストーリーをつくりつづけなければなりません。優れたキャラクターやストーリーをつくるためには、まず知ることです。たくさんのおはなしを読んで、たくさんのキャラクターとストーリーの通になっていくうちに、みずからもつくる名人になることができるのです。大好きなおはなしを読んでいるうちに、つくり方も身についてしまうのですから、これほど楽しいことはありません。そしてキャラクターには必ず、作者が反映されます。優しい人がつくるキャラクターは優しく、臆病な人がつくるキャラクターは臆病になってしまうのです。そそっかしかったりお節介だったりスキャンダル大好きだったりと、欠点に見えるところもキャラクターに映ってしまいます。自分をいつわることはできません。欠点も持ち合わせている我が身を愛して、キャラクターを創造すればいいのです。ただし、欠点はいつもわきまえていることが必要です。短所を長所と錯覚したり、助長したりしてはなりません。あくまでも素直で正直な自分になってやっと、愛すべきキャラクターを生むことができるのです。

呪文と魔法の杖

「すてきな童話を書くコツを教えてください」と言われることがあります。「そんなコツがあるのなら、わたしも知りたいです」と答えたくなってしまいます。コツとは、要領とか急所とかかんどころ、知っていればかなりの役にたつのです。「おいしいご飯を炊くコツ」「小顔に見せるメイクのコツ」「スーパーマーケットで特売の肉を買うコツ」「彼を思いのままにするコツ」など、いろいろな場面で、コツが使われています。いろいろな場面でのかんどころは、たしかにあると思うのです。でも、すてきな童話を書くコツとなると、すぐにはみつからないし、たやすく使えるものでもありません。

すてきな童話を書くためには、すてきな生き方をしなければならないと言われたら、すてきな生き方ってどんなもの？　と考え込んでしまうでしょう。すてきな生き方とは、まじめに誠実に、一生懸命に生きていること、あらゆるものを思いやることではないでしょうか。

すてきな童話を書くことができたらどうするのか・・・多くの人が、コンクールや童話賞への応募を考えるはずです。書き上げた作品が、認められることを望むのです。認められて新聞に印刷されたり、本として刊行されれば、多くの人に読んでもらうことができます。作者の存在が知れわたり、こんな童話を書く人がいたのだと感心してもらえます。晴れやかな受賞式に出席することも、祝賀パーティの花形になることもできるでしょう。賞金もいただけます。わたしが知っている童話賞で、最高の賞金は百万円、応募作品は二千文字以内なので、一文字が五百円、「」も、も。も！も？も、五百円になるのです。でも、賞金が目当てで応募した受賞者はいませんでした。賞金をいただくのはうれしいけれど、もっとうれしいのは、作品が認められたことですと、受賞者たちは言います。

かつてわたしも、応募者のひとりでした。「このコンクールに応募しよう」と決めたとき、しっかりと読むのは応募要項です。応募資格、締め切り日、作品のテーマ、文字数などを頭にたたきこむのです。応募先、賞、応募原稿、選考委員、選考方法なども要項に記されていますが、覚えこむ必要はありません。気にした方がいいのは選考委員でしょうか、この人に読んでほしいと思える選考委員が担当するコンクールへの応募なら、力が入るはずです。文字数と締め切り日は絶対に守らなければなりません。四〇〇〇文字以内の場合は、四〇〇一文字でもルール違反になってしまいます。欄外に書きこむ吹き出しなど、とんでもない違反です。文字数を守るために、会話は改行するなどをやめて、びっしりと書かれている原稿を見ることがあります。文字数は守られていても、とても読みづらい原稿になっているのです。そんな作品が良かったためしはありません。選考する方たちに「読んでいただく」作品だから、読みやすく書くことが礼儀です。手書きの場合には薄い文字や小さい文字は避けて、はっきりと書きます。おぼつかない漢字は必ず辞書でたしかめなければなりません。

書きあげた作品は、必ず読み返します。一度や二度では足りません。十回でも二十回でも百回でも読み返すのです。手書きするほかなかったころには、主人公の名前を書き間違えるミスはありませんでした。が、パソコンなどを使うと、一郎の郎が朗になっていたりするのです。作品のすみからすみまで見据えて、心行くまでたしかめます。

締め切り日のほとんどが、☆月☆日締め切り（当日消印有効）とされています。郵送で応募されることを予想しての要項です。「応募作品を受け取りました」の知らせが届くので、作品が届いたことが確認できますが、受領の知らせをしないコンクールもあります。「もしかして、届かないのでは」と疑うあまり、同じ作品を二度も三度も送りつける作者がいます。書留郵便にする作者もいます。二度三度と送るのはいいとしますが、書留はやめておいた方が賢明です。受け取るのに印鑑やサインが必要だからです。受け取る人がいないときに届いた書留は、後日の配達を依頼しなければなりません。受け取る側に、手数をかけるのは失礼だと心得て、書留にはしない方がいいのです。

ほとんどのコンクールが、「応募作品は返却しません」としています。何千も何万もに及ぶ応募作品は返却されないのがあたりまえなので、コピーをとっておかなければなりません。数枚や二十枚ならともかく、数百枚ともなるとコピーするのも大変な手数です。でも、どんなに手数がかかろうとコピー代が高くつこうと、必ずコピーしておくことです。入賞しなかった場合、作品は手元に戻りません。つまり、消えてしまうのです。入賞は逸しても、作品は大切な我が身であり魂です。手元に残しておかなければなりません。時間をかけて読み返してみると、足りなかったところが見えてくるし、書き直したくもなります。何年か後には、最優秀作品に成長するかもしれない作品なのです。

「応募した作品の三枚目にある『美しい』を『可愛らしい』に変更してください」

応募先に依頼する作者がまれにいます。気持ちはわかるのですが、数百にも数千にも万にものぼる応募作品をひっくりかえして依頼人の作品を捜しだすことは不可能です。そんな依頼をされる作品が良かったためしはありません。

締め切り日をとっくに過ぎたのに作品を送りつけて、「間に合わせろ」と言いつのる作者もいます。どれほど言いつのられても、間に合わせることはしないのが応募先です。切手がなかったからと、応募先に作品を持参する人、結果発表前に結果を知らせろとしつこく電話してくる人など、礼儀知らずがいますが、そんな人の作品は必ずダメです。

「わたしはここにいます。おもいのたけをこめて生きています。そんなわたしを知ってください」・・・入賞するのは、思いをこめて書き、文字数も締め切りもきちんと守り、じっと結果を待っている作者なのです。礼儀を守るのは、決してむずかしいことではありません。

もうひとつのコツは、努力です。優れた童話を書くために必要なのは、才能ではありません。必要な才能は、一日の半分近くを机に向かって過ごせること、そんな日を五日でも五十日でも百日でもつづけられることとくらいです。書いて書いて書きぬく・・・十篇書いてわかることもあれば、三十篇書いてもまだわからないこともあるのです。優れた童話ってどんなものなのか、書いているうちにわかってきます。

質問した人は、がっかりした表情で言います。「ほかにはないのですか」

「良い童話を書きたいと願って、懸命に書きつづける努力のほかには、コツはないと思います」

手軽に容易に、優れた童話を書くことはできないのです。どの道でも、一流になった人は、他の人の十倍も百倍も努力しています。「たいしたことはしていません」と言いながら、ダンサーは死ぬほど踊っているし、体操選手は一日の半分以上を練習に費やしているのです。童話作家も、書くために修業をしなければならないのですが、体を動かすことよりは頭の中での作業が多いので、努力しているようには見えない場合もあります。

「仕事をする」と部屋にこもったわたしが机に置くのは、原稿用紙とペンでした。今ではパソコンが筆記用具になりましたが、机の前に座るスタイルは同じです。見た目は座っているだけなので、仕事をしているようには見えないかもしれません。でも、わたしの頭の中では登場人物たちが手をつないで散歩していたり、月光の美しさにため息をついていたりします。家出の用意をしている少年もいれば、出て行った若者を待ちつづける娘もいます。

「登場人物は誰にしようか」

ためこんであるキャラクターとストーリーのメモをたしかめながら、わたしの思いは目まぐるしくまわるのです。

恋人たちのおはなしを書くことに決めると、再度メモをチェックしなければなりません。「ふたりの出会いはにわか雨に降りこめられた駅のコンコース」になっているけど、「陽光がまぶしいしだれ桜の下」の方が書きやすいかもしれない。昨日見てきた場所だからなど、背景を変更することもあります。変更は些細な部分なので、おはなしの筋が変わることはありません。

調べものをすることもあります。「頭上にミノムシがさがっていた」と書いて、ミノムシの生態が気になると、調べてみるのです。「ミノムシの雌は、サナギのままで一生を蓑の中で過ごす」と知って、ミノムシの雌はかわいそう。外に出ることもなく羽を持つこともできないなんて・・・と感想を口にしても、データに深入りは禁物です。ミノムシの雌についてのおはなしを書きたくなってしまうからです。書いたとしても、データをふくらませただけのおはなしになってしまうでしょう。わたしの中で、ミノムシの雌の思いはまだふくらんでいないのです。「それはまた今度、たっぷりと時間をかけて、ミノムシの研究をしたり、雌の思いをたくさん味わったあとでね」

言い聞かせて、メモの細かい部分まで仕上げると、本番にかかります。

「さあ、書くぞ」と決めて、わたしがするのは呪文をかけることでした。

わたしには、ありとあらゆるものを魂のふるさとにする力がある。だから素敵な童話が書ける、わたしは天才なのだ・・・呪文をかけると、魔法の杖が心の奥に生まれます。杖の存在を教えてくれたのはH・C・アンデルセンでした。わたしが愛読している『絵のない絵本』は一八三九年に発表されています。夜ごとに月が語ってくれたという三十三篇（テキストによっては、第十一夜を省いて三十二篇になっているものもあります）の短い話というよりはシーンを集めたもので、どれも優しさとおだやかさをたたえていました。年金が受けられるようになって、生活が安定したからでしょうか、ゆったりと書きすすめているようにも感じられます。月の話を聞いたのは、若くて貧しい画家でした。画家が、絵に描けるように、話はワンシーンになっているのだと気づいて、わたしは驚愕しました。アンデルセンのこまやかさが、痛いほど伝わってきたのです。

若くて貧しい画家は、アンデルセンその人でした。十代でコペンハーゲンに出てきた彼は、窓ひとつない部屋に住んで、知り合いを頼っては食事にありつくような日々を送っていたのです。『絵のない絵本』を書きながら、アンデルセンは極貧だった日の部屋を思い出したことでしょう。

窓ひとつなかった部屋にいる人に月を見せたのが、魔法の杖だったのです。月は画家に、恋人の帰りを待ちわびる娘の話をしました。娘はガンジス川にランプを流します。娘の目に見えなくなるまで、ランプの火が消えずにいたら、恋人は無事で、生きているのです。インドに行ったことがないアンデルセンは、ガンジス川にランプを流す風習を何かで読んだか、話に聞いたのでしょう。見たこともないものを、まるで見て来たように書かせたのも魔法の杖です。

二十夜で語られる北アフリカの砂漠も、二十六夜の中国も、アンデルセンにとっては未知の場所でした。それなのに、隊商やラクダや砂嵐をありありと書いているのです。中国には仏像が登場していますが、アンデルセンにとっては見たこともないものだったはずです。デンマークからはるか遠いトルコまで旅をしても、途中に仏教国はありません。トルコの人たちが信じていたのはイスラム教でした。魔法の杖を自由自在に使いこなしたから、アンデルセンは空想を現実のようにありありと書くことができたのです。

そして、アンデルセンが持っていたのと同じ魔法の杖を、わたしたちみんなが持っています。使えばたちまち、はるか遠くへ、まっしぐらに走っていくことができ、どこまでも高く昇っていくことができるようになるのです。魔法の杖が、心につけてくれるのは空想の翼、思い切りはばたいて、楽しい、幸せ、と感じているうちに、優れた童話が必ず生まれてきます。優れた童話を書くコツは、努力と呪文と魔法の杖だと答えようと、このごろのわたしは思うようになりました。

童話作家になりたい!!

二〇一九年二月二〇日　初版発行
著　者――立原えりか
装　幀――石山ナオキ
発行人――伊東英夫
発行所――愛育出版
〒一一六-〇〇一四　東京都荒川区東日暮里五-五-九
TEL　〇三（五六〇四）九四三一
FAX　〇三（五六〇四）九四三〇
http://www.aiikusha.co.jp
印　刷――小宮山印刷工業株式会社
定価はカバーに表示してあります。
万一乱丁、落丁などの不良品がありました場合はお取り替えいたします。

ISBN 978-4-909080-80-6　C0295